Eランクの薬師 3

雪兎ざっく

Zakku Yukito

Regina

レジーナ文庫

カイド
Sランクの魔法剣士。
キャルに命を救われて以来、
行動を共にしており、
今は恋人でもある。
キャル
元・落ちこぼれ薬師。
父譲りの知識と
特殊なスキルを持ち、カイドの
相棒として充実した日々を
送っている。
登場人物
紹介

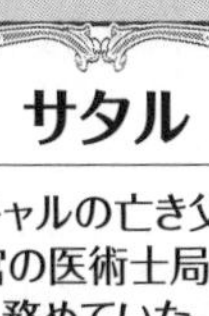

サタル

キャルの亡き父。
王宮の医術士局長を
務めていた。

エリー

キャルの亡き母。
貴重な魔法書を
所有していた。

マルク

伯爵家の当主。
魔法書を盗まれたと
主張している
が――？

リリー

伯爵家の令嬢。マルクの
養女で、我儘な性格。

サシャ

オーレリアンの部下。
常にこき使われている。

オーレリアン

王宮の筆頭魔法使い。
極度の自信家で
ナルシスト。

目次

Eランクの薬師3

プロローグ

太陽が輝き、心地いい風が流れる。

キャル・アメンダは、薬草園に咲き誇る花々を見て笑みを深めた。この調子でいけば、暑さが薄らいで涼しくなってきた頃に、花たちは実になる。

このピンクの花はカスタリンという植物で、葉は苦く虫さえも寄ってこないので、防虫剤として使われることが多い。

しかし、実はとてもいい香りがするのだ。殻をむいて中の柔らかな果肉を取り出し、丁寧に灰汁を抜けば、紅茶にしたりお菓子の香りづけに使ったり、乾燥させればポプリにもなる。

とても使い勝手のいい植物だった。

そんなカスタリンを横目で見ながら、近くに植えてあるハーブを採集する。

今日は少し暑い。ミントティーを淹れよう。

キャルは台所でお茶の準備を済ませ、トレーニング以外は書斎にこもりきりになっているパートナーのもとに運んだ。


キャルは、冒険者として活動している。

元々はここ、辺境の町コロンで薬屋をする普通の女の子だった。

だがグランという自称勇者の青年に魅了の術をかけられて、冒険者として旅に出ることになった。グランのサポート役として、ひどい扱いを受けながらも、彼のために必死で薬を作っていた。

それなのに、キャルのランクが上がらないことに苛立ち、グランはキャルを捨てた。

そこで助けてくれたのが、今のパートナーであるカイド・リーティアスだ。

彼は、冒険者の中でも最高ランクであるSランクの魔法剣士。

対してキャルは、最弱とされるEランクの薬師だった。

釣り合うはずもないのに、カイドはキャルと一緒に行動し、彼女の力を認めてくれた。

キャルはカイドの力を借りながら、Bランクにまでなることができたのだ。

その後、彼と共に国からの依頼で、ある違法薬物の流通経路を調べた。マムシと呼ばれる、依存性と副作用のある非常に厄介な薬だった。その原料となるコダマという植物を法律で規制し、マムシの流通も止めることができた。

今は、精力剤としてのコダマの薬効をどうにか生かせないかと、キャルが改良を加えているところだ。

そして、カイドはといえば、キャルの父の書斎にこもりきりになっている。

キャルの父であるサタル・アメンダは、すでに亡くなっているが、キャルが幼い頃は王城で働いていた。

しかも医術士局長という高い地位についていたらしい。

カイドだけでなく、この国の筆頭魔法使いであるオーレリアン・シャルパンティでさえも、サタルの書斎に並んでいる本たちを宝の山だと称する。

コココンッ。

軽くノックをして扉を開け、キャルはお茶とお菓子を載せたワゴンを室内に入れた。

「カイドー。休憩しよう」

「ああ、ありがとう」

カイドは読んでいた本から顔を上げて、少し眩しそうに目を細める。

先日まで、この本だらけの狭い書斎では、男三人が窮屈そうに過ごしていた。違法薬物の取り締まりの後、キャルの家までくっついてきたオーレリアンと、その従者であるサシャも、ここで本を読んでいたのだ。

だが先週、筆頭魔法使いが城にいないことに困り切った官僚たちが、王に泣きついたらしい。それを受けて、王が戻ってこいと命令を出したのだ。

オーレリアンは渋りながらも、ようやく王都に帰っていった。

仕事を放棄して、王に命令まで出させるって、筆頭魔法使いとしてどうなのだろうか。

裏を返せば、それだけ必要とされているということだけど、この国は大丈夫なのだろうか。

ともかく、そんなこんなでカイドと二人だけの、のんびりした生活になって一週間。

そうは言っても、彼は書斎にこもりきりで、キャルも薬の研究ばかりなので、オーレリアンたちがいる時と、あまり変わりはしないのだが。

さっきキャルの声に顔を上げたカイドは、また本に視線を戻してしまっている。

「何か面白いのがあった？」

キャルはテーブルに茶器を並べながら、父の机で本を読むカイドに声をかける。

いつもだったらキャルがお茶を運んでくると、すぐに本を閉じて脇に置くカイドだが、今日は本を手放そうとしない。

あと少しだけと言うように、本を読み続けていた。

「……ああ。ごめん。キリがいいところまで読ませてくれ」

「うん」

キャルは素直に頷いた。気に入った本を読み始めると、なかなか区切りがつかないのはキャルだって同じだ。

カイドの手の中にあるのは、キャルの亡き母が遺した魔法書だった。キャルにとってはあまり興味がないジャンルなので、どんな内容かは分からない。

キャルは一人テーブルについて、ミントティーを口に運ぶ。爽やかな香りが口いっぱいに広がった。

本に没頭するカイドを見て微笑む。母の本も彼に読んでもらえて嬉しいだろう。キャルにはほとんど魔力がなく、魔法書は理解できないので、ほぼ開いたことさえない。

父は薬師だったが、母は魔法使いだった。

魔法使いと言っても、他の人より少し魔力が強いというだけで、仕事にしていたわけではないようだけれど。少なくともキャルは、母が仕事をしているところを見たことがなかった。

母の名前は、エリー・アメンダ。旧姓は知らない。

結婚する前のことは『忘れちゃった』と言って、教えてくれなかったのだ。

その母が持っていた魔法書が、カイドの興味を惹きつけてやまないらしい。父が書いた本も読みふけっていたが、ここまで一生懸命なのは珍しい。余程気に入ったのだろう。魔法書を読みながら、小さく手を動かしている様子が可愛い。呪文でも覚えているのかもしれない。

開け放った窓からは、爽やかな風が舞い込んできて、カイドの短い髪を揺らす。

こんなふうに穏やかで幸せな日々を、ずっと望んでいた。

キャルは目を閉じて、この空気を楽しんだ。

しばらく待ったが、カイドは一向に読書をやめない。

ポットの中のお湯も、入れ替えなければいけないだろう。

そもそもお茶は必要なかったのかもしれないと思いながら、キャルは念のために確認を取る。

「カイド。クッキーいらない？　もう片付けちゃうよ」

普段はキャルよりもずっと多く食べるのに、今は本の方がいいようだ。このクッキーは明日のおやつに残しておこう。

そう思って、クッキーをお皿から保存容器に移そうとした途端、

「え？　それはいる」

カイドが、ぱっと顔を上げて立ち上がる。

お茶とクッキーが片付けられようとしていることに、ようやく気が付いたようで、彼はテーブルの傍までやってくる。

「お茶飲む？　お湯、入れ替えようか？」

キャルはお湯を沸かしてこようと、椅子から立ち上がる。すると、カイドはその椅子に滑り込むようにして座った。

お茶が入ったカップを持ち上げ、別の手でキャルを捕まえる。

「いや、これがいい」

そう言って、お茶を飲むのはいいのだけれど……

キャルの腰を抱いて、膝の上に座らせるのはどうなのか。

「カイド！　お茶がこぼれるでしょ！」

「キャルが暴れなければこぼれない」

なんて言い草だ。まるでキャルが悪いみたいじゃないか。

キャルを膝にのせて、美味しそうにクッキーを食べるカイド。キャルは振り向いて睨み付けるけれど、本当に怒っているわけではないことを、彼は知っている。

カイドは幸せそうに目を細めて、キャルのこめかみにキスをした。

「美味しい」

そう言ってにっこりと笑えば、キャルがおとなしくカイドの胸に頭を預けることも、彼は知っているのだ。


「奥の方に、古びた箱があってな。その中が魔法書だらけだった」

カイドがそう教えてくれた。今読んでいるものも、その中に入っていたらしい。

父の書斎は雑然としている。本人は何がどこにあるか分かっていたようだが、キャルは興味があるもの以外は全く分からなかった。

見ただけでは判別できない薬品や、生物のホルマリン漬けなども置いてあって、価値があるものかどうかもいまいち分からない。

さらには様々な日用品までもが雑多に置いてあって、片付けるのに苦労しそうな部屋なのだ。

父の死後、キャルは冒険者として旅に出た。そして戻ってきたと思ったら、すぐにまたカイドと旅に出ていたのだ。

だからこの部屋は、父が生きていた頃とほぼ変わらない状態だ。いろいろ落ち着いてから片付けようと思っていたので、奥の方に魔法書の箱があることすら知らなかった。

書斎の奥、しかも上に他の本などが置かれていたら、箱があることにも気が付かない。もし箱を見つけたとしても、中に本が入っているとは思わなかっただろう。父はあまり物事に頓着する人ではなかったので、野菜を入れていた木箱が使われていたりする。

さすがに、食べ物が中で腐っていたりはしない……と思いたい。

「魔法書だったら、お母さんのだよ」

母は魔法を頻繁に使っていたわけではないが、時々ふらりと薬草採集に行ってしまう父と連絡を取るために使っているのは、キャルも見たことがある。けれど持っていた魔法書は『もう読まないのよね～』と言って、父の書斎に押し込んでいた。

「この魔法書もそうだが、どれも非常に高度な魔法が記されている」

そう言いながら、クッキーの食べかすが付いた指をぺろりと舐めて、その指をくるりと回すカイド。

彼が聞き取れない言葉を発すると、指の軌跡に光の輪が現れた。

キラキラと輝いて、すぐに消えるかと思ったら、その場で回り続けている。

「例えばこれは、伝言の魔法だ。メッセージを入れておけば、ここに誰かが来た時、この輪に触れるとメッセージを受け取ることができる」

「へぇえ」

これがどれだけ高度なのかは分からないが、光の輪が綺麗なので、キャルは思わず手を伸ばす。

「メッセージを入れていないから、ただの光だぞ」

カイドの言う通り、その輪に触れても、ほんのりと指先が温かくなるだけで、光は消えてしまった。

「メッセージを伝えた後はこうやって消える。伝える人数を増やしたり、すぐに消えないようにしたりもできるようだが、条件を増やせば増やすほど、呪文が面倒くさくなる」

光の輪があった場所を名残惜しく思いながら見ていると、キャルの頭の上で笑う声がした。

「気に入ったのか？　キャルが愛の言葉を入れてくれるなら、ほぼ永遠に回り続ける光を作るが」

「…………っ！」

どうやって入れるの？　なんて聞いた日には、無理矢理にでも入れさせられそうだ。

しかも、ほぼ永遠に回り続ける？　作ったら最後、毎日メッセージを聞かれそうで、絶対に嫌だ。

キャルは、赤くなってしまったであろう顔を隠すために、目の前の茶器を慌てて片付け始める。

「じゃ、じゃあ、ゆっくりしてて！　私はこれ片付けちゃうから！」

カイドの膝からひょいっと飛び降りて、彼の顔を見ないままトレーをワゴンに下げた。

背後から「してくれないのか？」という不満げな声が聞こえたような気がしたが……いいや、決して聞こえていない。

部屋を出る時に、ちらりと振り返ると、彼はもう本に視線を戻していた。

何度も聞き返すことができる伝言の魔法に、自分の声を入れるなんて、絶対に無理だ。

でも、例えばだけれど、カイドが愛の言葉を入れてくれたとしたら――

そんなことを考えて、さらに顔が熱くなる。

カイドは周りの人には堂々と『恋人宣言』するものの、キャルに向かって『好き』だの『愛してる』だの言うことはほぼない。抱きしめたりキスしたりはするのに、そういう言葉を発するのは恥ずかしがる、妙に照れ屋なところがあるのだ。

だから、彼が入れた愛の言葉を何度も聞けるだなんて、そんな、そんなものがあったら……

「毎日聞いちゃう」

自分で考えたことに自分で驚き、キャルはうずくまって一人身悶えたのだった。

ティータイムの後は、妙に気恥ずかしくて書斎に入れなかったが、もう夕食の時間だ。

キャルは大きく深呼吸をして、書斎の扉を開く。

「カイド、ご飯の準備ができたよ」

そう呼びかけて、彼の表情の険しさに思わず足を止める。

机の上には、見たことがない本が山積みになっていた。

背表紙に金色の文字が連なっている。その下には、巻数を表す数字と思しきものが、一冊ごとに振ってある。

キャルには読めない文字……多分、魔法使いだけが使う魔法語だろう。

その横にも、辞書のような分厚い本が数冊積み重なっていた。

魔法剣士であるカイドにとっては嬉しいはずの本が山になっているのに、彼の表情は嬉しさとは対極のものだった。

「これらは……希少価値のあるものだ」

カイドがキャルの方を見て言う。

「何か……悪いものなの？」

彼の表情を見て、キャルは強い不安を感じる。

どうして希少価値のある魔法書だと言われて、こんなに不安になるのだろう。

「分からない」

カイドは見ていた本を机の上に置いて、さらに別の本を箱から取り出す。

「キャル、君のお母さんは、高位の魔法使いだったのか?」

キャルは、両手をぎゅっと握りしめて……悩みながらも、首を横に振った。

こんなことで嘘を吐いても仕方がない。

ただ、母が高位の魔法使いであったらよかったのにと、なぜかそう思ったのだ。

カイドも答えが分かっていて聞いたのだろう。アメンダ元医術士局長の妻が、名のある魔法使いでなかったということは、彼も知っているはずだ。

「これらの書物がどれだけ貴重なものかは、俺でも判断がつかない。ただ……個人の蔵書としては、あまりにも大きな魔法が多く記されている」

カイドがたまらずというように、大きなため息を吐いた。

「オーレリアンに報告する」

彼の言葉に、湧き上がってくる不安を抑え込んで、キャルは小さく頷いた。

第一章　犯罪者の娘

1

魔法で作られた青い鳥が、カイドの報告書を携えて飛び立った次の日。

唐突に豪華な鏡が書斎の真ん中に出現した。

『やあ！　久しぶりだね』

見覚えのある魔法使いが鏡の中から、満面の笑みでこちらを見返している。

キャルは突然のことに驚いて固まるが、カイドは反応したら負けだと思っているのか、視線さえも鏡に向けることはしない。

『ああ、感激のあまり言葉も出ないのだね。大丈夫、分かっているよ。僕も自分の美しさは、そろそろ罪悪の部類に入るのではないかと日々恐れているところさ。そんな僕の美しさを再びこうして見ることができ、そこに望外の喜びを見出しているというわけだろう？　ふふっ。安心してくれていい。僕は――』

「キャル、散歩に行こう」

いつまでも続きそうなオーレリアンの口上を無視して、カイドは鏡に背を向ける。

『待ちたまえ！　今のは挨拶だよ？　しっかりと聞いてくれなくては！　本題はこの後なんだ』

「本題が始まったら教えてくれ」

カイドは取りつく島もない。

オーレリアンは嘆かわしいというように両手を大きく広げる。

『なんてせっかちさんなんだ。僕の言葉が聞けるだけで眩暈を起こす人までいるというのに、君は――』

キャルは何も反応できずにいたが、カイドに背中を押されて部屋の外に向かった。

『いや、出ていかないでくれ！　王都とコロンの距離で魔法鏡を出すのは難しい！　別の場所でもう一度展開するのはさすがに疲れるんだ！』

というか、国の端と端で映像付きの通信を、こちらの補助もなくできるところはさすがと言わざるを得ない。

別に映像付きじゃなくてもいいとか、鏡のような無駄な小道具は必要ないとか、いろいろ突っ込みどころ満載ではあるけれど。

「お前が余計な話ばかりするからだろう」

『余計なことは一言も話していないよ！』

いや、余計なことしか言ってなかったと思う。脳内で突っ込みながら、キャルはオーレリアンを振り返る。

彼は、キャルとカイドが自分の方を向いたことを確認して、ふっと笑う。

『では、本題に入ろうではないか』

黒く真っ直ぐな髪を後ろに払って斜めに構える。この角度が良いとか、きっと思っているんだろう。

今度はキャルもカイドと同じく、反応したら負けだと思った。

二人の反応がないのを残念そうにしながら、オーレリアンは書類の束を示す。

『カイドから、魔法書についての報告を受けた。本の題名と内容の抜粋も確認し、調査した結果、それらの書物が盗品であることが発覚した』

さっきまでくだらないことを長々としゃべっていた人が、突然、真面目なことを簡潔に話すと、何を言っているのか分からなくなるものらしい。

彼が話した内容を、キャルは理解できなかった。

「全部か」

カイドはオーレリアンが言うことを、ある程度予想していたのか、すぐに質問を返す。

『君から送られてきた書物の一覧と、盗難届を照合した。書名は全て一致している』

オーレリアンは眉間（みけん）にしわを寄せ、ちらりとキャルを見た。

『アルスターク伯爵という人が、盗まれたと言って被害届を出していた本なのだよ。もう二十年前になるかな。それだけの年月をかけて探し続けてきたものだ。非常に貴重な書物と言える』

その貴重な書物が、キャルの家の書斎の隅（すみ）っこで、埃（ほこり）をかぶったまま放っておかれていた。いや、それ以上に信じられないのは――

母の遺品が、盗品……？

『現物を確認させてくれ』

オーレリアンの言葉を聞いて、カイドがキャルに視線を向ける。

どうすればいいか分からない。でも、ここで拒否することはできないと、キャルは小さく頷（うなず）いた。

カイドが木箱に入った本たちを持ってくる。箱は埃（ほこり）にまみれて白くなってしまっていた。

その中から、本を一冊ずつ取り出し、テーブルに並べていく。

オーレリアンの視線が、テーブルの上の本たちに注がれる。新しい本が置かれるごとに、その目がどんどん輝いていくのが分かった。

『一体どこにあったんだい？　それらの本を、僕がそちらにいる間に見つけられなかったことは、人生最大の失敗だよ！　僕の失敗だと言っているんだ。この意味が分かるかい？　この僕が、失敗したということは、世界の損失だと言っていい！』

世界の損失、ちっさいな！

キャルが脳内で突っ込んだ時、また関係ない口上を述べそうだったオーレリアンを、カイドが止める。

「それで？　どうしろと言うんだ？」

低い声で言い、強く、オーレリアンを見据えた。

オーレリアンは小さく肩をすくめる。

『それらは盗品だ。それを所有していたキャル・アメンダ。君に出頭命令が出ている』

急に厳しい声で言われて、キャルの頭は真っ白になった。

出頭命令って……なんだっけ？

「キャルが、これらを盗んだと？」

カイドの言葉に、キャルの体が意思とは関係なくびくりと震えた。

彼の背中が目の前にある。いつの間にか、キャルの姿がオーレリアンから見えないように、カイドが立ち位置を変えてくれていた。

『そうは言ってない。そもそも、二十年以上前に盗まれたものだ。アメンダ嬢が犯人などとはさすがに思っていないよ』

後半の言葉は、キャルに投げかけられたものだろう。

声音に少しだけ柔らかさが加わっていた。

『アルスターク伯爵からは、犯人と思しき人物の名を聞いている。今、そのエリーという名の女性を探しているところで……』

「母、です……」

エリーという人物ならば、知っている。エリー・アメンダ。母の名前だ。

だがキャルは、母が昔どこで何をしていたのかは知らない。

『なんだって？　……おい、アメンダ元医術士局長の妻に関する記録を持ってこい！　――ない？　なぜだ！』

鏡の向こうで、オーレリアンが誰かと会話をしている。近くに部下がいて、資料を探させているのだろうか。

「母の名前はエリーでした。でも……」

エリーなんて、ごくありふれた名前だ。この国には何万人ものエリーがいるだろう。しかし、盗まれた書物を持っていたのはエリー。そしてアルスターク伯爵が犯人だと言っている女性の名前もエリー。これはどう考えても偶然ではない。

『なんと、アメンダ元医術士局長の妻が犯人だったとは。彼のような大物に寄生していたから見つからなかったのか』

悪意のこもった言葉に、怒りの感情が湧き上がる。

「寄生なんてしていません。父と母は、仲が良い夫婦でした。それに、犯人でもありません。母は何かを盗むような人ではありません」

言われたことを全て否定したくて、キャルは思いつくままに言った。

オーレリアンがわざとらしいほど優しげな笑顔を作る。

『もちろんそうだろう！　家族なら大体そう言うものだよ。そんなことをするわけがないってね。素晴らしい家族愛だと思うよ』

オーレリアンはキャルをいたわるような声で言う。

しかし彼は、キャルの言葉を真摯に受け止める気などないのだ。

『ただ、僕たちはそれらを正当な持ち主に返還しなければならない。そのためにも、犯人は捕まえなければならない。……ああ、すでに亡くなっているのだったね。では残念だが、書物だけを返してもらおうか』

　正当な持ち主……

　テーブルの上の本を、キャルはぼんやりと眺めた。

　これらの本が家にあったことを、キャルは知らなかった。書斎の隅に置かれて、埃をかぶっていた本だ。

　だけど、この部屋にあるものは全て、父と母の遺品だ。二人が大切にしていたもの全てが、この部屋には詰まっている。

　彼らの娘であるキャルの他に、正当な持ち主がいるなんて――

　キャルは目の前にあるカイドの背中に、ぎゅうっと抱き付いた。

　こうしていないと、今にも叫び出してしまいそうだ。

　背中に回ってきたカイドの手が、キャルの手を握る。その手を、キャルも力いっぱい握り返した。

「これほどの魔法書となると、本自体が力を持っていたりするのでは？」

　突然、カイドが別の話題を切り出した。

　オーレリアンは、すでに調査済みだとばかりに大きく頷く。

『それはないようだね。そもそも、アルスターク伯爵が個人で所有していたものだ』

オーレリアンはキャルたちを安心させるように、にっこりと微笑む。

『君は、その本に呪いなどがかかっていて、所持している人に悪影響があるのではないかと考えたようだが、その心配はない。安心して王都へ持ってきてくれたまえ！』

王都へ。

これらの本を持って、また行かなければならないのか。

今度は旅の成果を報告するためではなく、キャルが取り調べを受けて、母の本を取り上げられるために。

「だったら、もういい。危険なものでないと分かれば、それだけでいい」

そう言って、カイドはくるりと鏡に背を向ける。

その背中にしがみついていたキャルは、突然の動きについていけず、繋がれていた手も離してしまった。でも、それに驚く前に、ひょいと抱き上げられる。

『それだけでいい？　何を言っているんだ。しっかりと王都へ届けてくれよ？』

カイドの肩越しに、オーレリアンの慌てた顔が見える。

カイドは心底面倒くさそうに彼を振り返って、こう言い放った。

「そもそも、盗品かどうか調べてほしいとは言っていない。これが危険なものかどうかを判定してほしいと、そう連絡しただろう？」

別の魔法使いに頼めばよかった……なんて、小さく呟くのが聞こえた。

その声もしっかり拾ったのだろう。オーレリアンは大きな声をあげる。

『僕以上に魔法書に詳しい人間が、この世界にいるわけがないだろう！』

「だから、仕方なくお前に聞いたんだろ」

教えてもらう側の態度ではないが、カイドはうんざりとした様子を隠さない。

「キャルの安全にかかわることだったから、知識だけは持っていそうなお前に聞いた。危険がないなら、それ以上の情報は必要ない」

『必要ないわけないだろう！　それは、エリー・アメンダが盗んだものだ！』

「盗んでない！」

オーレリアンの声に対抗するように、キャルも大きな声を出してしまう。

目に涙がにじむのが分かった。

ぜえはあと肩で息をするキャルに、オーレリアンは大きなため息を吐く。

たったそれだけのことが、気に障って仕方がない。彼の大げさな仕草や物言いには、もう慣れたと思っていたのに。

カイドがキャルを抱き上げたまま、彼女の背中を優しく何度も撫でる。

落ち着けと言われているように感じて、キャルは大きく深呼吸をした。

「母が犯人だと決めつけずに、ちゃんと調査してください」

声は震えてしまったが、キャルはオーレリアンを真っ直ぐに見つめて言った。

『調査だって？　なんのために？　はっきりと言わせてもらうが、僕は忙しいのだよ』

「なんのためって……」

当然の要求だろう。盗まれたと主張している方の言い分だけ聞いて、もうこの世におらず何も弁明できない母を犯人だと決めつける。そんなの、不公平だ。

キャルは呆然としてしまって、すぐに反論できなかった。

そのせいで、オーレリアンを調子に乗せてしまったのだ。

『いいかい？　アメンダ嬢。罪は罪だと認めなければ。君の母エリーが犯人であることは確かなんだ』

それが間違っているかもしれないと、キャルは言っているのに。

もしも、もしも……結果として母が盗んだような形になっていたとしても、それには理由があるはずだ。調べもせずに母のものを渡せと言われて、渡すわけにはいかない。

「母は、魔力がほとんどありませんでした。魔法書を盗んで何になるでしょうか」

大した魔力もないのに貴重な魔法書を持つなんて、宝の持ち腐れだ。

そもそもキャルは、母が魔法書を読んでいるのを見たことがない。

『金銭目的だろう。魔法書は高額で売買されているからね！　しかし、この書物の希少さを知り、売ったら足がつくことを恐れたのさ』

「お金目的だなんて……！　両親は、お金に困ってなんかいなかった！」

父は、王都からコロンに移り住んだ後、薬屋を経営していた。

華やかな生活をしていたわけではないけれど、必要なものは一通りそろっていた。

何かを盗むほどお金に困ってなどいなかったはずだ。

『欲深い人というのは、どこにでもいるものだね！　しかし、それを見抜けなかったことは罪ではないのだよ』

ひどい言い草だ。オーレリアンの中で、エリーはどんな極悪人になっているのだろうか。

彼は元医術士局長である父を尊敬しているはずだ。だがその父のことも、キャルのことも、エリーに騙されていた可哀想な人間だと思っているらしい。

キャルを優しく呼ぶ、母の声を思い出す。

いつも笑っていて、キャルが何かに失敗しても、どうすればできるようになるのかを教えてくれた。

けれどキャルが悪いことをした時は、父よりも怖くて。キャルが母に怒られている時、その迫力に父まで固まってしまっていることがよくあった。

『ただし、アメンダ嬢。君には事情を聞かなければならない。でも僕は寛大だからね。書物が戻ってきさえすれば、盗品を所有していた事実を罪に問うことはしないよ！』

――それを、寛大な措置だと言うのか。

母を罪人だと決めつけて。再調査を求めても必要ないと突っぱねて。騙されていた君は悪くないなどと言って、キャルを傷つけることが。

全身が怒りに震える。

キャルはこのまま何もできず、母を罪人として扱うオーレリアンに、彼女の遺品を渡さなければならないのか――

その時突然、鏡の向こうで、風が巻き起こった。

『え、ちょ……待って！　カイド、何をするんだっ！　だから、勝手に僕の魔力を使わないでくれるかな！』

どんがらがっしゃんと、盛大な音が聞こえた。恐らくカイドがなんらかの攻撃を加えたのだろう。

彼は平気そうな顔をしているが、キャルを抱く腕に力がこもっているので、それなりに魔力を必要とすることなのだと分かる。

「用は終わった」

カイドは吐き捨てるように言って、ぐるりと肩を回した。

『終わってないだろ！　その本、王都に持ってきてくれよ!?　――僕も実物を見たいんだ！』

オーレリアンの慌てた表情と本音を最後に、魔法鏡が消える。

以前も同じような状況になったことがあるけれど、カイドは魔法鏡を消すことまではしなかった……というか、できなかったと思う。

キャルが目を瞬(またた)かせていると、カイドが大きく息を吐いた。

「よし、あいつも疲れているだろうから、しばらくは静かだ。休憩にしよう」

いずれまた鏡を使って連絡してくるだろうけど。

そう言いながら、カイドはキャルの頬(ほお)にキスをする。

「ひゃっ!?　いきなり何するの！」

「恋人にキスをするのに、いきなりも何もないだろう。常時オッケーだ」

そんなはずないでしょ！　心の準備が！

そんな文句も、彼の口の中に吸い込まれてしまう。

キャルが真っ赤になっているのを、カイドは嬉しそうに見つめた。

「大丈夫。お前の大切なものは、誰にも奪わせない」

そう言って、もう一度、唇を重ねる。

母のものであった魔法書を奪われることを、キャルが怖がっていると、カイドは知っているのだ。そして、それが盗品だろうがなかろうが、関係ないとも思っている。

キャルは感謝の気持ちを込めて、カイドに抱き付く腕に力を込めた。

2

オーレリアンから連絡があった日から、二日が経った。

あれ以来、彼からはなんの連絡もない。

魔法鏡を使うのは、キャルが思っていた以上に疲れるのかもしれない。

そんなふうに呑気（のんき）に考えていたキャルとは違い、カイドはあの日の夜からいろいろと準備をしていたらしい。

夕食の時、彼が真面目な顔で言う。

「キャル、旅の準備をしておけ」

「え……？　どうして？　どこに行くの？」

本意ではないという彼の表情を見て、キャルは不安になる。

やはり、行かなくてはならないのだろうか。

「王都に、行くの?」

行ってしまえば、どうなるのだろう。キャルが盗んだものではないとはいえ、盗品を持っていたのは事実だ。母の本は取り上げられ、キャルは……?

どうなるにせよ、国からの命令であれば拒否はできないのだろう。

そう思って俯いてしまったキャルに、慌てたような声がかかる。

「違う。逆だ。王都には何がなんでも行かない」

キャルが驚いて顔を上げると、カイドは心配そうにこちらを覗き込んでいた。

「言葉が足りなかったな。悪い。オーレリアンからこれだけ長く連絡がないのは、多分、直接こっちに向かっているんだろう。だから逃げなきゃならない」

逃げる……って。

出頭命令が出ているのに無視しようとしていたキャルも大概だけれど、カイドは無視するどころか逃げようとしているのか。

「できれば、このままここで暮らしていたかったが、あいつから二日も連絡がないのはおかしい。恐らく、もう出立している」

チッと舌打ちをして、王都の方角を睨むように見るカイド。

「通信だけでどうにかしたかったが、向こうは全くその気がないようだ。――捕まってたまるか」

国の筆頭魔術師が直接キャルを捕らえに来ようとしている。しかしカイドは、それを見越して逃げるという。

……それは、明らかに犯罪者の仲間入りじゃないか？

キャルの内心を察したのか、カイドが微笑んで言った。

「大丈夫だ。俺はキャルさえいれば、あとはわりかしどうでもいい」

「いやいやいやいや」

それはさすがに嫌だ。逃亡生活になると思うと、簡単には割り切れない。

「あいつと部下全員を返り討ちにしてもいいが、それだとコロンの町が大変なことになりそうだし」

「うん、そこは大事だね！」

カイドが本気で魔法をぶっ放したらどうなるかは、山猿という魔物と戦った時に経験済みだ。

あんなの、町中では絶対にやめてほしい。その場合、キャルの家が消失することは確実だろう。

「後のことは後で考えるから、とりあえず、旅の準備をしてくれ」

そう言われると、キャルはもう頷くしかなかった。

盗品だと言われた母の蔵書は、一旦カイドの空間魔法でしまい込む。

本当は父の蔵書も持っていきたいところだが、量が多すぎるのだ。その代わり、カイドが力の限りを尽くして、結界を張ってくれていた。

彼がくっくっくと、少々不気味な笑い声を立てる。

「これらの本を押収できると思うなよ。俺たちを追って捕まえるか、時間をかけて結界を解くか……さあ、どっちにするだろうな？」

いろいろと仕返しのための罠も仕組んでおいたと言いながら、他にもいくつか仕掛けを施していた。

オーレリアンにも破れないような結界を張るのは、さすがに無理らしい。魔力量と技術が全く追いつかないとのこと。その分、複雑に魔力を絡ませて作ったと言っていた。

キャルにはよく分からないが、カイド自身も解除するのが面倒な状態にはなったらしい。

「作りかけの薬も持ってっていい？」

「いいぞ。そこらへんも考えて空間をあけてある」

キャルの製薬に使う道具や材料は、以前と同じようにカイドが魔法の空間に入れてくれるようだ。

最近、新たに開発した痴漢撃退薬なども入れる。町の女性に配ろうと思って、多めに作っていたものだ。明日、配ってくる時間はあるだろうか。

ある人からは血圧の薬が欲しいと言われていたので、それも準備したのだけれど、主治医と話してからじゃなければ処方はできない。

着替えなどをリュックに詰めたり、旅用のマントに薬草採集用の道具を詰めたりしながら、キャルは一人で考える。

そうだ。効能などを書き出したメモと一緒に、八百屋のおじさんに預けておけばいい。それを巡回の医術士に見せてもらえば、処方してもいいかどうか分かるだろう。

良い考えだと思って、荷造りを終えてメモを作ろうとしたところで、キャルはびくりと震える。

「カイドっ！」

マントを握りしめて、カイドのところまで走った。

それだけで、カイドには分かったのだろう。

「どこにいる？　何人いるか分かるか？」

「今、街の入り口に着いた……十人……くらい？」

鼓動が速まって、正確な情報を把握できない。ふるふると、体全体が震えているのが分かる。

キャルは『探索（サーチ）』のスキルで遠くの気配を探ることができるのだ。今まさにオーレリアンと部下たちが、ここへ向かってきていた。

「よし。それだけ分かれば充分だ。荷物はこれで最後だな？」

キャルのリュックをポイっと空間に投げ入れて、カイドは彼女を抱き寄せる。

「俺がいるんだ。不安にならなくていい」

耳元でそっと囁（ささや）き、額（ひたい）に軽くキスをしてくれた。

オーレリアンたちがすぐそこまで来ているというのに、そんな甘い態度を取られて、キャルの頬（ほお）が熱くなる。

体の震えは止まったが、こんなの恥ずかしすぎる。

カイドがキャルを抱き寄せたまま、空を見上げて言う。

「……速いな。行くぞ」

カイドは玄関から外に出ると、保存魔法を展開させた。これなら家を長く空けることになっても、今の状態を保つことができるだろう。

振り返ると、オーレリアンを筆頭に、十数人もの魔法使いがそこにいた。

全員が馬に乗り、キャルたちを取り囲むように並んでいる。

「はっははは！　逃げようとしたか。やはりな！」

悪者のようなセリフを叫ぶオーレリアン。魔法使いのローブをなびかせる姿は、本当に魔王か何かのようだ。

「マジで倒してやろうかと思う」

ぼそっと言うカイドの気持ちは分かる。でもやめてほしい。町が破壊される。

「僕からの通信をずっと待っていたのだろう？　しかし、君たちには直接会った方が良いと判断したんだ！　感激に打ち震えてくれていいよ。この、僕に！　なんと王都からここまでご足労願えたのだからね！」

……自分でご足労とか言っちゃってるけど。

彼の言葉は、突っ込みどころだらけだ。話がもっと長くなるからやんないけど。

「随分早いお着きだったな」

カイドが顎を上げて、傲然とした態度を崩さずに言う。

オーレリアンと通信したのは二日前。あの直後に出立したとしても、キャルだったら

半年はかかる道のりを、たった二日でやってきたということだ。

「よくぞ聞いてくれた！」

褒められたと思ったのか、オーレリアンが胸を張る。別に聞いてはいないのだが。

「この僕の魔法技術の賜物とでも言おうか。これほどの速さで、しかもこの人数で国を横断できる人間なんて、僕をおいて他には……」

「僕が頑張ったんですよう。オーレリアン様は、とりあえずスピード上げていただけでしょう？　その間の摩擦軽減やら危険回避やら、疲労回復まで！　ほとんど僕一人でっ……！」

オーレリアンの足元では、世話係のサシャが泣き崩れていた。

到着してすぐに馬から下りて、地面に座り込んでいたようだ。

……相当疲れていそうだ。

周りの魔法使いたちは目をそらしている。オーレリアンの尻拭いはサシャの役目なのだろう。

「サシャ、そんなことでは、この先やっていけないぞ！」

「もう、やっていけなくていいから、部署替えさせてくださあい！」

ちょっと可哀想になる。

だけど、キャルも周りの魔法使いの立場だったら……

「頑張れ」

と、言うしかない。サシャは目をそらされながらも、数人から励ましの言葉を頂戴していた。

そうだよね。お気に入りのサシャがいなくなったら、他の人に火の粉が飛んでくるもんね。

そんなことをやっている間に、キャルたちの背後にある家から火が噴き出す。

「なっ……!? カイド、何をしているんだ！」

「証拠隠滅」

「ふざけるな！　消せ！」

カイドの魔法によって、キャルの家は勢いよく燃え出した。

オーレリアンの命令を受けて、サシャ以外の全員が消火活動を始める。

「本……本はっ!? カイド、あれらがどれだけ貴重なものか分かっているはずだろう！」

オーレリアンは余程慌てているのか、珍しくしゃべりが短い。

「ああ。俺が個人的に興味がある本を中心に、ある程度は俺の空間に入れてあるから大丈夫だ」

「大丈夫なはずがないだろう!?　アメンダ元医術士局長の著書は、全て貴重なものだ！」

カイドの飄々（ひょうひょう）とした態度に、オーレリアンは目をむいて叫ぶ。

「キャルを傷つけるものから彼女を逃がすためなら、俺はなんでもやる」

カイドが真剣な表情で言った。さすがのオーレリアンも言い返すことはできなかったようで、ぐっと言葉を詰まらせる。

Sランクのカイドが準備していた炎となると、魔法使いが数人がかりでもなかなか消せないようだ。

キャルは、炎に包まれていく自分の家をぼんやりと見上げた。

オーレリアンがキャルの方へ視線を向けて叫ぶ。

「アメンダ嬢！　君からも何か言ってくれ。君を罪に問うつもりはないんだ。ただ、事情聴取をさせてもらいたい」

キャルに言えば、カイドを止められると思っているのだろう。

オーレリアンとサシャまでもが消火に加わってしまえば、その間にカイドが逃げてしまうので、燃え盛る家を前にして、オーレリアンは動けずにいるようだ。

かといって、町に被害を出さずにカイドを捕まえることもできないらしい。オーレリアンの背後では、火事に驚いた人たちが家から飛び出してくるのが見えた。

近くの家が夜の闇に火の粉を散らしながら燃えているのだ。そりゃあ、出てくるに決まっている。

心配そうにこちらを見つめる人たちに、キャルは苦笑と共に首を横に振って、大丈夫だと伝えた。

本当は、こんな大事にはしたくなかったのだけれど。

「私が罪に問われないって言うんだったら、いったい誰が罪に問われるんですか？」

キャルの問いに、オーレリアンはまたも、ぐっと言葉に詰まる。

しかし、消火活動もむなしく家を呑み込んでしまった炎を見て、再び口を開く。

「理解してくれ。残念だが、君の母親は犯罪者なんだ」

オーレリアンは、いつもと違って早口で、直接的な物言いをした。

どんなものよりも、本が大切なのだ。彼にとって、知識は何物にも代えがたい宝。

――母が、泥棒だと言った。

キャルはもう、背後の家を振り返らない。眉間にしわを寄せ、口を引き結ぶ。

オーレリアンは、キャルたちと家とを交互に見ながら慌てている。『こんなに説明しているのに、なぜ分からないんだ？』とこちらを責めているようだ。

キャルの説得を諦めたのか、今度はカイドに話しかける。

「カイド、理解してくれ。彼女は容疑者のことを一番よく知っている人間だ。重要参考人として城まで一緒に来てもらいたい。こんなことくらいで、あの貴重な資料が燃えてしまうなんて……」

――こんなこと？

やはり彼にとっては、キャルの家よりも、キャル自身よりも、本が大切なのだ。

尊敬するアメンダ元医術士局長――キャルの父が執筆した本を、とにかく欲しがっていた。

だから、キャルを連行することを、そしてキャルの母親が罪に問われることを、『こんなこと』などと表現する。

オーレリアンは、キャルの怒りの表情にも気が付かない。炎を消してくれと、必死で訴えている。

「キャルの母親の窃盗容疑について捜査する気もないんだろ？　そんな状況で、犯罪者の娘としてキャルを渡せと？」

カイドが剣を手にする。

それに対抗するように、オーレリアンも杖を掲げた。

しかし、戦うことはしたくないのだろう。

彼は言葉を重ねていく。カイドとキャルの不快感が高まっていくような言葉を。

「……例の書物は、盗品だ。窃盗の事実をなくすことはできないよ。でも、アメンダ嬢は何も知らなかった。しっかりと保護し、丁重に扱うことを約束しよう！」

満面の笑みで腕を広げる彼を、カイドは睨み付ける。

「いやだね。『もてなす』だろう？　そこは。『扱う』と言っている時点で、渡す気はない」

オーレリアンが、舌打ちと共に杖をふるう。大きなシャボン玉のようなドーム型のものが、キャルたちの頭の上から降ってきた。

カイドが何か呟くと、彼の剣が青白く発光する。魔力を纏った剣だ。

軽く気合いを入れるような声と共に、カイドが剣を振る。すると頭上のシャボン玉は、ぱあんと可愛らしい音を立てて破裂した。

「この俺に、この程度の捕縛の術が効くと思うか？　ここに来るまでに、随分疲れてしまったようだな」

サシャはもう力が残っていないらしく、馬の足元に座り込んだまま青くなっている。

もちろん、ここまで飛ばしてきたオーレリアンだってそうだ。

「くそっ……！　カイド！」

オーレリアンがもう一度杖を振り上げるのと同時に、キャルは背後の魔法使いたちに向かって布袋を投げつけた。

「なんっ……!?」

動揺したのか、なんとも中途半端な光の輪が飛んでくる。カイドが鼻で笑いながら、オーレリアンから放たれたそれを叩き落とす。

そうやっているうちに、魔法使いたちのうめき声が聞こえてきた。

「ぐっ……？　ごほっ、ごほごほっ」

「がっ……はっ。なん……？」

キャル特製の痴漢撃退薬だ。町の女性に配ろうと思って大量に作ったものを、ほとんど全部投げた。

宙に浮いた粉は、炎に吸い寄せられるように舞う。もちろん、魔法使いたちの目元や鼻先をしっかり通過してだ。

ちらりと様子を見ると、全員が地面に手をついて、せき込んだり涙を流したりしている。

「アメンダ嬢！　何をするんだ！」

「母が持っていた本が、たとえ盗品だったとしても、何か理由があると思っています。調査もせずに、母に窃盗の容疑をかける人とは、一緒に行けません」

そう言って、キャルは一歩前に踏み出した。

「分かった！　調査を開始するから、アメンダ嬢！」

キャルがオーレリアンの横を堂々と通り過ぎようとしているのが分かったのだろう。彼は慌てて、行く手を阻む魔法の壁を出現させる。

この壁は、カイドの剣で斬れるだろうか。

そう思ってキャルが見上げた先で、カイドは大笑いしていた。

「そんなことしてる暇があるのか？　燃え尽きるぜ？」

消火活動している魔法使いは、もう一人もいない。皆、涙を流してうずくまっている。

「〜〜〜〜〜っ！　覚えていろよ！」

オーレリアンは、キャルの身柄と本を比べて、あっさりと本を取った。

目の前で消えていこうとする知識の山を見捨てることなどできないのだろう。

炎の方に魔力を向けたオーレリアンを見て、カイドはキャルを抱き上げる。

「じゃあな」

軽い言葉をかけて、全速力で走り始めた。

オーレリアンが罵る声が聞こえたが、風に紛れてあっという間に聞こえなくなる。

山猿と戦った時にも、こうやって抱えて走ってもらったが、山の中と町中では全くスピードが違う。カイドがキャルを落としたりするはずはないのだが、あまりの速さに目がぐるぐる回って、キャルは彼の首に必死でしがみついた。

少しスピードが緩(ゆる)んだかなと思えば、周りはすでに草原。町はもう影も形も見えない。

キャルは、カイドに強くしがみつきすぎて、手足がブルブル震えていた。

下ろしてもらっても、すぐに歩き始めるのは無理だ。だから、カイドの腕の中でおとなしくしているしかない。

「いいなあ。思いっきりしがみつかれるのもいいし、こうやって寄りかかられるのもいい」

彼はご機嫌な様子でそんなことを言う。

ちょっとムカついたので、キャルは力の入らない手を無理矢理動かし、髪の毛を引っ張っておいた。

「あいたたたっ！　大丈夫だって。時々ちょっとやろうとは思ってるけど、そんなに頻(ひん)繁(ぱん)にはしな……痛いって！」

「もう、二度としないの！」

怒ったキャルにちらりと視線を向けて、ふいっとそらすカイド。

――絶対またやる気だ。にやけた口元が証拠だ。

「炎のことだけど、あいつらが思ったより上手く消火してくれなくて、家が少し焦げたかもしれない。悪いな」

キャルのムクれた顔を無視して、カイドは話題を変えた。

「あ、うん。ちょっとびっくりした」

燃やすとは聞いていたけれど、炎に包まれるほどとは思わなかった。

しかし、家にはカイドが入念に保存魔法をかけている。外壁は多少焦げても、中には全く影響がないという。

オーレリアンには父の本も少し持ち出したようなことを匂わせたけれど、それも嘘だ。盗品疑惑のある本だけで、あとは父の書斎の本棚に綺麗に並んだまま。

ただし、『捜査の参考資料』などと言って持っていかれないように、厳重に結界を施していた。

「本が無傷だと分かれば、あいつはこっちを追ってくる」

キャルは声を出せずに小さく頷く。

これから、逃亡生活が始まる。

王宮の役人に追われるような立場になるなんて、想像したこともなかった。

カイドが抱き上げてくれているのをいいことに、彼の胸に顔をうずめる。不安が湧き上がってくるのを止められない。

彼は、からかうことなく抱く腕に力を込めた。

「さすがに、二日で国を横断するやつに見つけられたら、まずい」

びくりと震えてしまったキャルの肩を、カイドがなだめるように叩く。

「これくらい離れれば、あいつの『探索（サーチ）』の範囲外だと思う」

そう言いながら、カイドは王都の方向へ走っていた足を、北へと向けた。

オーレリアンの『探索（サーチ）』の範囲内ではどこへ行っても無駄なので、とりあえず真っ直ぐに走ってきたらしい。この後は、どちらに向かったか分からないよう、撹乱（かくらん）するように動いていくという。

「……もう少し、広いんじゃない？」

キャルでさえ、頑張ればもう少し範囲を広げられる。今みたいに不安で震えている状態でなければ、自分の家の周りに人が何人いるかくらいは分かるだろう。

けれど、カイドはキャルを見下ろしてニヤリと笑う。

「いや、あいつが気配を追えるのは、このくらいだ。昔、あいつの依頼から逃げるためにいろいろ試したからな」

……仲良しだな。大がかりな鬼ごっこでもしていたような言い方だ。

「だがそのせいで、青い鳥で依頼を飛ばしてくるようになりやがった」

これが青い鳥の誕生秘話か。

なんだか、とってもくだらない内容だった。

「キャルのは、もっと広いだろ？」

「……今は、そんなに広げられないよ？」

普段から『探索（サーチ）』を展開してはいるけれど、そこまで広くはない。せいぜい目に見える範囲だけだ。それ以上に広げようとするなら、この不安な気持ちを落ち着かせなければ。

こうやってカイドと会話をしている間も、キャルは彼に縋（すが）るように抱き付いていた。

「やらなくていい。こうしてくれているキャルが可愛いからな」

その言葉と共に、彼の唇がキャルの額（ひたい）に触れる。

キャルが弱っているのでやりたい放題だ。さすがに恥ずかしすぎる。

「とりあえず、魔法で探知されなきゃいいんだ。青い鳥は飛んでくるだろうけど、俺たちがどこにいるのか分かってないみたいだしな」

カイドは鼻歌でも歌いそうなほど機嫌よく歩いている。疲れた様子はない。無理に明るく振る舞っているわけでもなさそうで、キャルは少しほっとした。

自分が、カイドをひどい事態に巻き込んだことは理解している。盗難の……しかも、貴族が持っていた重要な書物の盗難の、重要参考人であるキャルと逃亡するのだ。

だがそれが、どんな罪に問われることになるのか、キャルには分からなかった。

カイドがゆっくりと一定のリズムで歩いているからか、キャルは眠くなってきた。

それに気が付いたカイドが、眠ってもいいと言うように背中を撫でる。だからキャルは、カイドの胸に頭を預けたまま目を閉じた。

――その頃。

炎を消したオーレリアンは、以前とほぼ変わらぬ状態でそこにある家を見て、全てを悟っていた。

「ああ、もう！　強力な保存魔法が効いてるじゃないか！　僕としたことがっ」

カイドの態度で気が付くべきだった。彼がキャルの大切な家を燃やすはずがないのだ。

あまりに動転していて、本のこと以外に頭が回らなかった。

部下たちは未だにキャルの痴漢(ちかん)撃退薬で苦しんでいる。彼らを、ひとまず家の中に入れてやらなければ。

家の中に……

「開かないっ！　くそっ……結界まで張ってるのかっ。…………ああっ！　面倒な重ねがけまでしてっ！」

数人でかかれば時間をかけずに外せる。

しかし、ここには苦しむ部下たちと、疲れ果てたサシャしかいない。

ガクリと項垂(うなだ)れて、オーレリアンは後ろを振り返った。

町の人たちが、まだ心配そうにこちらを窺(うかが)っている。彼らに頼んで、今日の宿泊場所を確保するしかない。

だが、絶対自分では行きたくないと思い、サシャに目で合図をした。

サシャは泣きそうな顔をしながらも立ち上がる。

うむ。それでこそ従者だ。

それにしても……と、オーレリアンはカイドとキャルが去った方角に視線を向ける。

もう、彼らの気配を追うことはできない。

それでなくとも、二日で国を横断するという荒業(あらわざ)を成し遂げて、非常に疲れている。

しかも称賛の声が少なくて結構不満だ。

「カイドの逃げ足と、アメンダ嬢の『探索(サーチ)』能力……厄介だな」

オーレリアンは舌打ちをして、空を睨(にら)み付ける。

とりあえず今は、サシャが宿泊場所を見つけて戻るのを待つしかなかった。

3

キャルは空腹を感じて目を開ける。

そこは森の中で、野宿する時はいつもそうするように、カイドにくるまれていた。

見上げると、まだ寝ているカイドの顔がある。

空気が涼やかだ。もう少しで日の出という時間だろうか。

キャルが身じろぎしても、カイドは起きる気配がない。

実は、キャルは寝ているカイドがお気に入りだ。何をしても、恥ずかしくないから。

腕を伸ばしてカイドの頬(ほお)に触れてみる。少しだけ伸びたひげが、ざらざらとした感触だ。

反応がないことに気をよくしたキャルは、伸びをしてカイドの頬(ほお)に自分の頬(ほお)をくっつける。ちくちくしてちょっと痛いけれど、体もぴったりとくっついて気持ちが良い。

キャルは頬(ほお)ずりしていた顔を……少し、ほんの少しだけずらして、彼の頬(ほお)にキスをする。

――一緒にいてくれてありがとう。

声を出すとさすがに起きてしまうから、心の中だけでお礼を言う。

「ん……？」

カイドが眉間にしわを寄せた。

キャルはパッと元の体勢に戻って寝たふりをしてみる。

その動きで、カイドははっきりと覚醒してしまった。

「あれ……？　今、なんか……？」

寝惚けたような声が頭の上から聞こえる。

どうやらバレてはいないようだ。

よかった。あんなのがバレていたら、恥ずかしすぎてしばらくカイドの顔を見られない。

「キャル？」

呼ばれたキャルは、眠そうな表情を作って顔を上げる。

「はい？」

カイドは不思議そうな顔をしながら、首を傾げていた。

キャルは平静を装うけれど、心臓はバクバクと大きな音を立てている。

「……いや。なんでもない。おはよう」

彼は何も気が付かなかったようだ。

ホッと胸を撫で下ろして、キャルは微笑む。

「おはよう」

カイドは満面の笑みを浮かべて、キャルにキスをする。

なんだか、妙に機嫌が良いなと感じながらも、久しぶりに一緒に寝たからかなとキャルは考えた。

『どうして機嫌が良いの？』なんて聞けないので、キャルには想像することしかできない。その想像だけでも、自意識過剰な気がして恥ずかしいのだから。

一人で照れていたキャルは、気が付いていなかった。

最近、寝たふりをしていればキャルがすり寄ってくることに気が付いて、寝たふりが異常に上手くなった男が目の前にいることに。

「嬉しすぎて身動きしてしまったことが敗因だな」

そう呟くカイドは一人反省して、さらに上達していくのだった。

朝食のパンを食べながら、カイドが地図を広げる。

「これから、アルスターク伯爵領へ向かおうと思う」

……アルスターク……ってどこだっけ？　カイドの親戚かなんかがいるのだろうか。

キャルがきょとんとしていると、デコピンが飛んできた。

「盗難届を出した貴族のところだ」

思わぬ言葉に、キャルは目を瞬かせる。

「そんなところへ行って、どうするの？」

そう聞いてから、母の蔵書をカイドの空間に入れて持ってきたことを思い出す。

ああ、そうかと、キャルは少し落ち込んだ。

「お母さんの本、返すの？　そうしたら、盗難届を取り下げてくれるかもしれないもんね……あいたっ！」

またデコピンをされてしまった。

しかも、カイドは不機嫌な表情をしている。

「なわけあるか。盗難届が出されたいきさつを調べるんだ」

二十年前、書物の盗難届が出された。それは事実だ。しかし、書物が盗まれたというのは事実かどうか分からないと彼は言う。

「そもそも、キャルの母親にあれを盗む理由があったようには思えない。魔法使いといっても、ほとんど魔法は使わなかったんだろう？　自分で読むわけでもなく、換金もしない。それならなぜ、貴族の所有物を盗むような危険を冒したのか」

確かに。言われてみれば、母があれらを必要としていたとは思えない。

読んでいる姿を見たことはないし、書斎の奥にしまい込んでいたのだ。

「もしも、お前の母親が盗んだという事実が判明しても」

カイドはキャルの手を握る。大きな手で、包み込むように。

「理由やいきさつは知っておきたい。オーレリアンは調査しないようだから、自分たちでやろう」

もしキャルの母が窃盗犯（せっとうはん）であっても、今の関係は変わらないと、カイドがぬくもりで伝えてくる。

そして、『そうかもしれない』と想像で怯（おび）えるよりも、はっきりさせようというのだ。

「俺は、キャルにこのまま逃亡生活を送らせるつもりはない。調査結果をあいつに叩きつけてやって、またコロンに帰ろう」

キャルは王都に行く必要がない。

取り調べを受ける必要もない。

それを強要されるならば、自分で自由を勝ち取る。

声を出すと泣き出してしまいそうで、キャルはただ大きく頷（うなず）いてみせた。

「よし。行こうか」

朝食を食べ終えたカイドが立ち上がる。使った道具をまとめて袋に入れて、空間の中にポイっと投げる。

キャルも自分の荷物をまとめて立ち上がった。

「キャル、疲れない程度に、『探索(サーチ)』を広めに展開していてくれ」

歩き始めて、最初に頼まれたのがそれだ。

オーレリアンに見つかったら、全速力で逃げなければならないからだ。

「分かった」

神妙(しんみょう)に頷(うなず)いたキャルに、「そこまで緊張する必要はない」と笑い声が降ってくる。

「多分、俺たちがどこに行こうとするか、あいつは分かっている」

その言葉に驚いて見上げると、彼は口元を歪(ゆが)めていた。

「俺が逃亡生活を望んでいないことは分かっているし、あの家に結界や保存魔法がかかっているのを見れば戻る気なのも分かるだろう。だったらもう、行く場所は伯爵領しかないからな」

オーレリアンたちは必ず追ってくるだろう。とはいえ、調査を終える前に捕まりたくはないとカイドは言う。

彼とオーレリアンは、仲が悪そうに見えて、意外と通じ合っている。

カイドに聞かれたら、ものすごく嫌な顔をされそうなことを考えつつ、キャルはその後に続いた。

伯爵領は思ったより近くて、一カ月ほどで着くらしい。

「まあ、あいつらの方が先に着くだろうけど」

「カイドだったら、私たちを探しながら行く？　それとも、ひとまず伯爵領に向かう？」

キャルはカイドを見上げながら聞く。

「俺？　あー……俺だったら、直接、目的地に行くな。広い場所での鬼ごっこは面倒だ」

カイドは首を傾げながらもそう答える。

キャルは「そっか」と頷きつつ、少し安心した。

きっと、伯爵領に着くまで会うことはない。常時警戒していなければいけないのと、多分大丈夫だと思えるのとでは、疲れが全く違う。

ホッとしたように微笑むキャルを、カイドが怪訝そうに見る。

そんなカイドの視線を無視して、キャルは元気よく歩き始めた。

いざ！　アルスターク伯爵領へ！

アルスターク伯爵領は、この国の最南端に位置する場所だ。

温暖な気候で、海に面しているため、海産物が豊富に獲れる。肥沃な土地で、農作物も良く育ち、非常に豊かな領地らしい。

そんな伯爵領の中でも、伯爵の屋敷がある街、イーシエを目指す。

南に下るにつれて、植物の種類がどんどん増え始めた。

暖かい気候と水に育まれた薬草があふれるほどあって、採集したくてたまらない。

キャルはあっちへふらふらこっちへふらふら歩いてしまいそうになる。

「薬草まで採集するなら、そのぶん魔物の素材は捨てなきゃいけなくなるからな」

カイドの冷静な突っ込みで、キャルは我に返った。

空間の容量に限りがあるので、今は植物の採集はお休みしている。

魔物の素材は、倒した直後でないと獲得できない。しかし、薬草は鹿などに食べられてしまわない限り、そこにずっと生えているのだ。また今度来た時に採ればいい。

それでもふらふらするキャルを捕まえて、カイドは真っ直ぐ進む。

そして潮の香りがかすかに届くようになった頃、大きな街の門が見えた。

国の最南端の、しかも王都から遠い場所だから、小さな街だと思っていた。遠く離れた場所からも見える門に、キャルは目を丸くする。

「イーシエは、南方地域で唯一の商業都市だ」

驚くキャルを見て、カイドは笑う。

イーシエには、周辺の町や村から海産物や農産物が集まり、大きな市が開かれているという。

北では珍しい魚介や、様々な作物が売られ、はるばる王都からも商人が買い付けに来るほどらしい。

キャルたちが歩いている道にも、次々と馬車が走っていく。

――と、その時。

「トゥリンクルがある」

道沿いに生えた木の根元に、紫と白の小さな花があった。花は下を向いていて、鈴のように見える。実際、花を揺らすと、おしべが花びらに当たってチリチリとかすかな音を立てるのだ。

これだけ商人の馬車が行き交っているのに、これがまだ採られずに生えているのは奇跡だとキャルは思う。

「花？　それも薬草なのか？」

小さな花にそっと触れるキャルに、カイドが聞く。

薬草というと、大体葉っぱが多いので、花が咲いたものは珍しいと思っているのだろう。

キャルは、よくぞ聞いてくれたとばかりに、ショベルを取り出しながら言う。

「薬草といえば薬草なんだけどね、これは根っこが重要なの！」

花もとても可愛らしくて観賞用にはいいのだが、土を掘って引っこ抜くと、根の真ん中あたりが膨らんでいる。ここが、希少な成分を持つのだ。

「土も一緒に採るのか？　なんに使うんだ？」

キャルが周りの土ごと全部掘り出して、布袋に植え替えるようにしているのを見て、カイドが怪訝そうにする。

普段は必要な分だけ採集し、全てを採り尽くすことはしないキャルが、そこに生えているものをありったけ採っているのを不思議がっているのだろう。

「う〜んと、これって低血圧の治療に使われたりするんだよね」

説明が難しいなと思いながら、キャルは言う。

カイドには、周りから見えないようにしてほしいと頼んで作業を続けた。商人に見つかれば、売ってほしいとつきまとわれること必至な植物なのだ。

「血圧？　老人が怒ると上がって血管が切れるやつか」

……彼は時々、妙に偏った知識を見せる。

「それは、高血圧。これが必要になるのは、逆の時。この薬草を煎じて飲むとね、動悸を速めたり、体温を上げたりするのに効果的なんだよ」

「そんなの、走ればいいんじゃないか？」

――うん。やっぱり、きちんと説明できる自信がない。

むしろ説明すればするほど、間違えた知識を植え付けてしまうかもしれない。

キャルは「まあ、走ったりできない時もあるでしょ」と適当に答えておく。カイドも自分には理解できないことを悟ったのか、「そうか」と一人頷いていた。

キャルがここにある全てのトゥリンクルを採ってしまったのには理由がある。

本来であれば、自生しているものを、わざわざ植え替えてまで持ち返ったりはしないのだが、この植物だけは別だった。

この植物は、見た目の可愛らしさと、ある理由から乱獲され、激減してしまった植物なのだ。

きちんと保護して数を増やさないと、そのうち絶滅してしまう。

そういった危惧がなされていても、欲しがる人たちは後を絶たないのだから。

キャルとカイドは伯爵の屋敷がある街、イーシエに到着した。

徒歩で一ヶ月、実に順調な旅だった。

このイーシエという街は、思った以上ににぎやかで、通りの両脇には色とりどりの果物や野菜、魚が並べられている。

「とりあえず、宿を探そう」

「二部屋とってね」

そう釘を刺したキャルを、カイドが悲しそうに見下ろす。

そんないつも通りのやり取りをしながら、一軒の宿屋に辿り着いた。

「いつになったら、屋根があるところでもキャルを抱きしめて眠れるようになるんだ」

後ろからついてくるカイドがぶつぶつ言っているが、キャルは無視して歩く。誰も聞いていないことを願って。

入ってすぐにカウンターがあり、愛想の良いおばちゃんが一人座っていた。

「部屋は空いてますか？」

キャルが聞くと、おばちゃんはもちろんと頷く。

「夫婦で一部屋かい？」

「いえ。夫婦じゃないので二部屋お願いします」

おばちゃんがとんでもないことを言うので、キャルは頬を熱くしながら慌てて訂正した。

「おや。お兄ちゃん、もっと頑張らなきゃだめだよ」

「頑張ってはいるんですが。これ以上はどうしたら……」

「カイドは答えなくていいから！」

二人の様子を見てニヤニヤしながら、おばちゃんが台帳を取り出す。

「何泊だい？」

「ええっと、いつまでいるかはまだ分からないんですが、とりあえず、一ヶ月でお願いします」

腕を組んで不機嫌そうなカイドを両手で押しやって、キャルはおばちゃんに向き直る。

おばちゃんは、そんなキャルたちのやり取りが面白いらしい。くっくっくと肩を揺らして笑った。

「了解。出る時は前日までには教えておくれよ」

二人にからかわれていることに気が付いたキャルは、ムスッとしたまま前金を支払って鍵を受け取る。

その時、おばちゃんがキャルの手を見ながら言う。

「見た目に似合わず、働き者の手をしてるね」

見た目に似合わずって、なんだ。

キャルの眉間（みけん）にしわが寄ったことに気が付いたのか、おばちゃんが手を振って否定する。

「ああ、悪いね。変な意味じゃないんだ。あんまり可愛らしいし、いい男がついてるから、意外でね」

可愛らしいと言われるのはいい。嬉しいし。いい男がついてる……というのも、まあいいだろう。

けれど、その二つが組み合わさると、何もできないお嬢様にでも見えるのだろうか。

キャルは自分の体を見下ろし、薬師仕様のマントを見てなんとなく察した。このマントの下に綺麗な服が隠れているとでも思ったのだろう。

だが残念ながら、旅に適した動きやすい服だ。

「この街へは観光で来たのかい？」

「ええっと、仕事を探しに来たんです」

キャルはぎくりとして、とっさにそう答えた。

「あんたが？　それとも、後ろの男がかい？」

おばちゃんが食いついてきた。紹介したい仕事でもあるのだろうか。

仕事を探しているというのは、長期滞在するための言い訳だ。ここで紹介されても、調査があるので働くことはできない。

キャルはどう誤魔化そうかと考えながら言う。

「二人とも、なんですが、ええと……身分を証明するものが……ない、というか、あの……」

冒険者カードはあるが、追われている立場なので、身分を明かすわけにもいかない。

とはいえ、仕事を探していると言いながら、この説明は怪しすぎる。

しどろもどろでカイドに助けを求めようとした時、おばちゃんが嬉しそうな声をあげた。

「なんだ、駆け落ちかい？」

「かけっ……!?」

そうきたか！　しかも、なぜ嬉しそうなの？

すぐに否定しようとしたキャルの肩を抱いて、カイドが答える。

「そうです。というより、俺がさらってきたんですよ」

なんてことを言うんだ！

キャルは驚きすぎて、口をパクパクさせることしかできない。

「情熱的だね！」

「ええ。しかし、彼女はまだ体までは許してくれないんです。同じ部屋にも泊まってくれないし」

「ちょっと、何言ってんの!?」

あけすけな物言いに、キャルは顔を両手で覆って俯く。もう顔が熱すぎて、人様には見せられない。

「大丈夫。これからさ」

「そうですよね」

うんうんとキャルの頭の上で頷き合う二人。

どうしてキャルが辱められるような展開になってしまっているのか。

「それで、仕事を探してるってわけか。なら紹介させとくれ。あんたみたいな若い娘さんに、ちょうどいい仕事があるんだよ」

身分を証明できない旅人にちょうどいい仕事ってなんだろう。

キャルは思わず興味を惹かれてしまう。

聞いたところで、どうせ断らなければいけないいけれど……

申し訳ないなと思いながら、おばちゃんの話を聞く。

「伯爵家のお嬢さんの、お世話役なんだけどね――」

キャルは目を見開いた。まさかここで伯爵家に繋がる話が聞けるとは。

そんなキャルに気が付かず、おばちゃんは詳しく説明してくれる。

なんでもアルスターク伯爵家は『ワケあり』らしく、あえて地元の人間ではなく、伯爵家のことを知らない人間を、使用人として雇い入れたいらしい。

それで、よそから仕事探しに来た人がいれば紹介してほしいと、ここらへんの宿屋に頼んでいるのだそうだ。

特に、伯爵令嬢の身の回りを世話する侍女を探しているらしいが、伯爵家の侍女ともなればそれこそ下級貴族の子女など、身分のしっかりした女性がなるのが普通だ。

それなのに、たとえ身元が不確かであっても、外から来た人を希望している……。伯爵家のことを知られていては、都合が悪いことでもあるのだろうか。

若い女性が、仕事を探して街から街へ移動することなんて、ほとんどない。だから、長いこと侍女が見つからなかったのだという。

だから今のキャルは、伯爵令嬢の侍女の条件にぴったりなのだ。

しかし、そんなに地元の人間を嫌がるのはなぜなのか……

「身元不明の人の方がいいって、さすがにおかしくないですか？」

その疑問をぶつけると、おばちゃんはあっさり教えてくれた。

「令嬢が養子だからだよ」

最初に雇った侍女は貴族の子女で、伯爵家の令嬢を養子だと馬鹿にし、陰で意地悪をしていたらしい。

当時、幼かった令嬢は、その侍女が言う『我儘を言えば追い出される』『養子だから、意地悪されても仕方がない』という言葉を信じ、じっと我慢していたらしい。

それを知った伯爵は、その侍女を解雇した。そして次は平民の侍女を雇ったが、その侍女もまた令嬢を蔑んだという。

平民の侍女にも蔑まれる？　そんなに嫌われるような令嬢なのだろうか。

キャルが聞くと、おばちゃんは困ったように首を傾げる。

「他に理由があると聞くよ。……まあ、かなり我儘ではあるらしいけどね」

そう言いながら苦笑した。

かつて伯爵家には、正統な伯爵令嬢がいたという。といっても現伯爵の娘ではなく、前伯爵の娘。現伯爵の妹にあたる人だ。

その令嬢は綺麗で可愛くて、素直で愛らしくて……とにかく、素晴らしい女性だったらしい。

しかし、全ての使用人に愛された令嬢は、ある日突然、姿を消した。

その父である前伯爵も亡くなっていたので、屋敷には意地悪な奥方と、仕事人間の現伯爵だけが残ってしまったという。

あの優しくて素晴らしい令嬢はどこに行ったのだろうと、使用人たちは心配していた。

そんな中、現アルスターク伯爵は、養子を取ることにした。

彼には子供がいないので、身寄りのない子供を引き取り、貴族としての教育を施すことにしたのだ。

それが、使用人たちには許せなかった。

妹が行方不明だというのに、ろくに探しもせず養子を取り、伯爵家とはなんのかかわりもない子供に財産を相続させるなんてと。

しかし、跡取り問題は深刻だ。

現伯爵は、使用人の意見には耳を傾けず、女の子を養子に取ったという。

その子を令嬢として育て上げ、婿を取らせれば、夫の実家という後ろ盾を得ることができる。伯爵家自体も、他家との繋がりを手に入れることができるのだ。

とても素晴らしい考えに思えただろうが、使用人たちにとってはそうではなかった。

養子になった令嬢が、元いた令嬢の居場所を奪った。実に許しがたいと、みんな今の令嬢を嫌っているらしい。

だが突然いなくなったという令嬢は、いったいどこに行ってしまったのだろうか。

「跡取り問題で消されただなんだと、屋敷に勤める人らは言っているけどね」

件の令嬢は、前伯爵が亡くなってすぐに姿を消したらしい。

様々な憶測が飛び交っているが、もう二十年も前のことになるので、本当のところは分からないという。

だが、侍女として新しく雇われた娘たちは、古参の使用人たちに影響されて、今の令嬢に冷たく当たってしまう。

困った伯爵は、使用人の総入れ替えを行ったそうだ。

クビにされた使用人たちは、あることないこと吹聴して回り、一時期アルスターク伯爵家の評判は最悪だったらしい。

「お貴族様のお家騒動なんて、何が本当か分からないからね。この街に住む人間からすれば、税金をしっかり運用して住みやすくしてくれさえすれば、別に誰だっていいしね」

現伯爵が募集している使用人の条件はこうだ。

貴族の身分を持たず、前の令嬢を知らない人間。できれば別の街から来た女性が望ましい。

なるほど、キャルにピッタリだ。

それにキャルは話を聞いて、元いた令嬢ではなく、今の令嬢の方に同情してしまった。

彼女が前の令嬢を追い出したわけではないのに、なんてひどいことをするんだと憤る。

その子のお世話をしてあげたい。しかも、調査しようと思っていた伯爵家に堂々と入ることができるのだ。

「ぜひっ……！」

すぐに返事をしようとしたが、キャルを押し退けてカイドが言う。

「他にも仕事の候補があるんです。お返事は明日でもいいですか？」

一旦、保留にする理由が分からない。

キャルが不満そうな顔をしていると、カイドが黙ってろと言わんばかりに睨んでくる。

仕方なくキャルはそのまま口をつぐんだ。

「そうかい？　引き受けてくれたら、うちには紹介料が入るから、少しは宿代もまけてあげられるんだけどね」

おばちゃんも残念そうだった。

キャルが部屋に荷物を置き、着替えを済ませたところで、ノックの音がした。

ドアを開けると、眉間にしわを寄せた不機嫌そうなカイドが立っていた。

「俺は反対だ」

顔を合わせるなり、おばちゃんの前では言わなかった本音を吐き出す。

キャルはため息を吐きながら、カイドを部屋に招き入れた。

伯爵家の調査をするのに、これ以上のチャンスがあるだろうか、とキャルは思う。

——なのに。

カイドは反対するという。

曰く、話がうますぎる。話の裏も取らず、いきなり敵陣に乗り込んでいくのは危険だというのだ。

それは確かにそうだ。

母の無実を証明したいと思っているなら、盗難届が嘘だと証明する必要があるのだから、伯爵は敵だと言える。

「でも、チャンスだよ。屋敷に勤めている人たちと仲良くなれば、もっと詳しい話も聞けるかもしれないし」

「駄目だ」

カイドは取り付く島もない。

恨めしげに見上げるキャルを無視して、外に向かって顎をしゃくる。

「街の調査だけで充分だ」

もちろん、それもするけれど……

キャルとしては、直接乗り込んでしまいたいのだ。貴族の家の内情が、街の調査だけで分かるとは思えない。

「キャルが侍女になっても、俺は一緒に行けないだろ」

カイドが不満げな顔で言う。実はカイドも働きたいと言ったのだが、おばちゃんに困った顔で断られてしまったのだ。

使用人の総入れ替えは、五年ほど前から始まり、侍女以外はすでに人手が足りているという。

もしカイドを雇うとすれば、恐らく護衛としてだろうけれど、この街は常時護衛をつけておくほど危険ではないし、屋敷の警備は別口で依頼しているのだそうだ。

「大丈夫だよ。危ないことはしないから」

キャルは侍女として行くのだ。危険があるようには思えない。

それに強くはないが、逃げ足だけは速い。危険を察知したら、あらゆる手段を使って逃げるつもりだ。

それでもカイドは口をへの字に曲げている。

「絶対に嫌だ。俺以外の専属メイドになるなんて」

「……反対する理由がそれって、おかしくない？」

実にくだらない理由だった。

よし。ほっといて侍女の面接に行こう。

「絶対嫌だー！」

叫ぶカイドを無視して、キャルは荷解き（にほど）を再開するのだった。

伯爵家に行く前に情報を集めておこうと思い、キャルは街へ出た。まだぶつぶつ言っているカイドも後からついてきている。

最初に向かったのは市場だ。人や物が多いところは噂話（うわさばなし）もさかんで、聞き込みがしやすい。

ただし聞き込みをするといっても、イーシエの市場は広い。

色とりどりのテントが立ち並び、その中にも色鮮やかな野菜や魚が所狭しと並ぶ。それが、向こう側の端を見通せないほど長く続いているのだ。

「どこから聞く？」

キャルはカイドを見上げる。

「この街に昔からある店に行こう」

カイドは迷いのない足取りで、キャルを追い越して歩き始めた。

「え、知ってるの？」

この街に来たことがあるのかと思って聞けば、前に商人の護衛で王都との間を往復したことがあるそうだ。

「それでなくとも……なんとなく、見た目で分かるだろ」

「……そうだねえ？」

キャルには分からないけれど、少し見栄を張ってみた。それが嘘なのは、カイドにはお見通しのようだけれど。

建物の様子とか場所とかから、総合的に判断するみたいだが、説明されてもキャルにはさっぱり区別がつかなかった。

カイドが目星をつけたのは、ベンチなどが置いてある休憩場所からほど近い、一軒のお茶屋さんだった。

店主と思しきおじさんが、暇そうに外の椅子に座っている。

店の中では娘さんらしき女性が、お茶を袋に詰めたり、棚に並べたりと、それなりに忙しそうに動き回っていた。

「キャル。頼む」

今日のカイドは、例の聞き込み用のチャラい格好はしていない。

彼に促されて、キャルが先にお茶屋さんに近づく。

店番の女性が顔を上げて、にっこり笑った。

「いらっしゃい。どんなお茶をお求めですか？」

「う〜ん……どうしようかな。おすすめってあります？」

キャルが聞くと、女性は嬉しそうな表情で、店頭に置いてある茶葉を示す。

「一番はそれですね！　香りもいいし、赤い色が綺麗に出ますよ！」

この店に置いてある茶葉の中で、最も高い値段が設定されていた。

おすすめは、一番高いお茶か。しかもこのお茶、ただの紅茶じゃないか。いくつかの茶葉がブレンドされてはいるが、こんな値段で売れるようなものじゃない。これならば、横にある緑茶の方がマシなのではないか。

文句が言いたいけれど、今は言えない。

キャルが押し黙ってしまうと、女性が紅茶を淹れてくれた。

「どうぞ。試飲してみてください。この地方独特の茶葉がブレンドされた、美味しい紅茶なんです」

「ありがとうございます」

にっこり笑って受け取ってみたけれど、ポットの中の茶葉と、おすすめされている茶葉のブレンドは少々違う。

試飲と言って別のお茶を飲ませるとは、なかなかあくどい店だ。

確かに、試飲のお茶は美味しい。飲み終わった後、スッとした清涼感がある。この地方独特の茶葉というのが、この味を出しているのだろう。

キャルは「美味しい」と呟く。すると、それを聞いた女性がさっそく茶葉を袋詰めしようと寄ってくる。

「でしょう？　たくさん買ってくださったら、こちらの保存用の缶もお付けしますよ」

ポットに入っているお茶ならば、嬉しいサービスと言える。

だけど、店頭に置いてあるのはそうではない。

やっぱり文句が言いたいなと思っていると、カイドから声をかけられた。

「土産、何人分くらい買うんだ？」

「え？　え……と、二十人かな」

一瞬、何を聞かれているのか分からなかったが、もしキャルがコロンの人たちにお土産を買うとしたら、多分それくらいの人数になるだろう。

「まあ。ご旅行ですか？」

女性の目の色が変わる。

その右手がそっと台の下に伸びたのが分かった。

何をする気かと見ていれば、女性は何気なく、本当に自然に見えるように、おすすめしている茶葉に別の茶葉を混ぜた。

恐らく、あの清涼感のある風味を出す茶葉だろう。

多分、他の茶葉よりも高価なので、一見さんにはそれが入っていないものを売っていたのだ。しかし大量買いの客で、しかも土産として商品を広めてくれそうなら、話は別だということか。

「はい。以前も少し立ち寄ったことがあるのですが、この街はとても素敵ですね。領主の伯爵様が住んでいらっしゃるからでしょうか」

キャルは試飲のお茶を飲み干して、女性にカップを返す。

カイドをちらりと見ると、頷いて財布を準備していた。話の流れによっては購入してもいいということだろう。

「以前もいらしたことがあるんですか？」

「ええ。その時は、商人をしている父が一緒だったので、あまり見て回れなかったんですよね。このお茶、詰めてもらおうかな」

「……商人の方ですか？」

「私は違いますよ。父や、親族がそうなんです」

暗に、土産を渡す相手は彼らだと匂わせるように言う。

「少しお待ちください」

そう言って、女性はさっきの茶葉をさらに混ぜていた。うん。これでポットの中身と同じくらいのブレンドだ。

ニコニコと笑いながら、女性は缶に詰めていく。

それを待っている間に、キャルは世間話のような態で聞き取りをする。

「伯爵家にはご令嬢がいるのでしょう？　私、お見かけしたことがないんですよね。お会いしたことあります？」

「とんでもない！　ただのお茶屋がお会いするなんてできませんよ。遠目にお見かけしたことはありますけど」

「まあ。羨ましい。以前来た時にも噂で聞いていたんです。とても美しくて優しくて素晴らしい方だって。当時の私は幼くて、想像して憧れたものですよ」

キャルはうっとりしながら言う。

しかし、女性は困ったような表情になった。

「それはきっと、今のお嬢様ではないわ」

「え？」

自分でもわざとらしいと思うほど、キャルは目をぱちくりとさせる。

「今のお嬢様は養子で……以前いらした方は、前伯爵のお嬢様。今の伯爵様の妹君よ」

「おい。初対面のお客様になんてこと吹き込むんだ」

それまで黙っていたおじさんが、突然口を挟んだ。良いこと聞けたと思ったのに、これまでか……とキャルが諦めようとした時、「どこでどう言われるか分からん」とおじさんが呟いた。

それなら、どこでどう言われても平気だと思わせればいいのだ。

「やだ。そういう話、私すっごく好きなんです。それでそれで？　ドロドロの跡取り問題があったりするんですか？」

できる限り軽く聞こえるように話す。伯爵家に興味があるのではない。ただ、そういう噂話が好きな下世話な女だと思わせれば成功だ。

おじさんは呆れたようなため息を吐いて、好きにしろと言わんばかりに椅子に背中を預けた。

女性が苦笑いしながらキャルに教えてくれる。

「前のお嬢様は、とにかく素晴らしい方だったって、みんな口をそろえて言うわ」

そう言った後に、でもねと肩をすくめる。

かなり昔のことだから、本当に噂通りの人かどうかは怪しい。今はもうその人を実際に知っている人の方が少なくて、結局のところは分からないという。

「前のお嬢様はね、前伯爵の隠し子じゃないかって噂されていたの。浮気の末にできた娘を、前伯爵が家に連れてきたんだろうって」

「うわあお。奥様の反応は？　やっぱ、跡取りは私の息子よ！　ってお嬢様とバトル？」

「ふふっ。そうね。兄と妹で跡取りの座を巡るお家騒動、勃発だわ」

話しているうちに、女性も楽しくなってきたようだ。

「でも、大騒動になる前に、お嬢様が男作って逃げちゃったのよ。なんか、お腹の中に赤ちゃんまでいたらしいわ。蛙の子は蛙ね」

女性は肩をすくめて笑う。

愛人の子は母と同じで男にだらしない、とでも言いたいのだろうか。

「え～？　伯爵令嬢の地位を捨てて選んだ恋！　もう、そっちの話も聞きたい！」

「本当に古い話だから、私だって噂でしか知らないのよ」

「古いって、どれくらい？」

「もう二十年以上前になると思うわ。私はまだ十歳かそこらだったから」

二十年前に十歳。ということは、この女性は三十歳以上なのか。見た目が若いので、キャルよりも少し年上くらいかなと思っていた。

「あ、町外れに薬屋のおばあさんがいるんだけど、そっちの方が詳しいかも」

女性が詰め終えた茶葉を、全て紙袋に入れてもらう。

お会計の段になって、ようやくおじさんが立ち上がった。もしかしたら女性は、計算ができないのかもしれない。

「お前は、そんな噂話ばかりして」

ため息を吐きながら、おじさんが金額をカイドに告げる。

この国では計算ができない女性も多いから、キャルもそうだと思われているのだろう。

「それで、その薬屋ってどこにあるの？」

「話を聞きに行くの？　本当に噂好きなのね。この市場を真っ直ぐ門の方へ進むと、ちょうど入り口あたりに薬屋さんがあってね。そこにしわくちゃのおばあさんが座ってるわ。この街のことなら、なんでも知っているわよ！」

街の奥ではなく、入り口の方なのか。

確かに入り口の方が、旅人からいろいろな話を聞けるのかもしれない。

「ありがとう。とても楽しかったです！」

「こちらこそ。お買い上げありがとうございました」

女性から紙袋を受け取ったカイドと一緒に、門の方へと足を向ける。

あくどいこともしている店だけれど、あの女性の愛想の良さで持っているのだろうなとキャルは思う。

大量の茶葉は、本当にコロンのみんなへのお土産にしよう。

そう伝えようとカイドを見上げて、キャルは首を傾げた。

彼は顎に片手を当てて、眉間にしわを寄せている。必死で何かを思い出そうとしているようだった。

「カイド？」

呼びかけると、ハッと夢から覚めたような顔をして「ああ」と返事をする。

「どうかした？」

「いや……、やっぱり薬屋には俺が一人で行く。キャルは買い物をしてこい」

カイドが一人で行くと言い出したことに、キャルはびっくりする。しかも、買い物って何を買えと言うんだ。

驚いているキャルを放って、カイドは財布を出す。

「服とか小物とかだよ。それなりに綺麗な格好じゃないと、侍女として雇ってもらえないだろ」

そう言ってキャルの格好を指し示すカイド。

……盲点だった。そうか。働くにも相応しい格好というものがある。

「侍女になってもいいの？」

「もうなる気だったんだろ」

改めて聞くと、口をへの字にして見下ろされた。これ以上突っ込むと藪蛇になりそうなので、「あー」と曖昧な返事をしながら視線をそらす。

「俺が話を聞いてくるから、キャルは必要なものを買いそろえろ」

宿のおばちゃんには良いとこのお嬢さんに見えたのかもしれないが、今のキャルはマントの下も冒険者仕様だ。他には薬師として仕事をする時の服と、簡素なワンピースしかない。

周りを見回せば、探すまでもなく、衣料品店と宝飾品店はたくさんある。

思わず、悲鳴のような声をあげてしまった。

「ど、どんなものを買ったら!?」

はっきり言って、キャルの服はほとんどもらいものだ。ネックレスや指輪など、製薬の邪魔になるのでつけたことがない。

「俺に分かるか。店員に聞け」

そんな殺生（せっしょう）な！

あんなおしゃれな店に入っても、何をどうすればいいか分からない！

「貴族の家に奉公（ほうこう）に上がることになったので……とか言えば、おすすめの品をどんどん出してくれるさ。その中から好きなものを買え」

カイドが差し出す財布を、ぷるぷると震える両手で受け取る。

多分、キャルの持ち金だけじゃ足りないからだ。

「俺は話を聞いてくるから。終わったら合流しよう」

「わ、私が話を聞くから、カイドが服を……」

「無茶言うな。侍女になりたいんだろ？　頑張れ」

そっちこそ無茶言うなあ！　と言いたいところだが、キャルの方が無茶なのは分かっていた。

キャルは再び周囲を見回して、一番地味で落ち着いた雰囲気の店を選ぶ。

――後日判明したのだが、地味というより気品がある店だった。客が少なかったのも、高級品店だったから。しかも、キャルはドレスの相場を全く知らなかった。

目玉が飛び出るような金額を提示されても、そういうものだと思って服や小物を言われるがままに購入。その場で現金で支払った。

カイドが見た目によらず、お金持ちであることを忘れていたのだ。

カイドと組む前の自分の金銭感覚を思い出したのは、店員さんの驚いた顔を見た時だった。

そうしてキャルは図らずも、最高級のドレスと装飾品を身につけることになったのだった。


次の日、準備を整えたキャルを見たカイドは、またごね始めた。

「なんで着飾ったキャルをよそにやらなきゃいけないんだ」

「着飾ったのは、伯爵家に勤めるためなんだから当然でしょ」

そうでもなければ、こんな服は着たくない。

重いし暑いし動きにくいし、汚さないように細心の注意を必要とする。自分じゃ絶対に洗濯できない。洗濯屋さんにお願いするとして、それにもまたお金が……あぁ。

「この仕事が終わったら、もう二度と着ない」

「なんでだ!?」

そう言った後、腕組みをして気に入らなそうに立つカイド。その姿をキャルは改めて見る。

彼も普段は絶対に着ることがない警備隊の制服を着ていた。白地に青い縁取りが施されたカチッとした上着に、警棒などを挟むための黒いベルトをしている。気を抜いたら見惚れそうになるのを、キャルは一生懸命我慢していた。

昨日、カイドはなかなか戻ってこなかった。随分長い時間をかけて話を聞いているんだなと思ったら、おばあさんの話を聞き終わった後、就職活動をしていたらしい。

伯爵家が委託している警備会社へ、働かせてほしいと言いに行ったのだそうだ。

カイドの体格を見て喜んで迎え入れてもらえたらしいが、どうしても伯爵家を警備したいと言ったら、非常に怪しまれたという。

……当たり前だ。

カイドは普段は落ち着いていてクールなイケメンなのに、時々非常に残念な感じになる。

それでもどうにか雇ってもらい、キャルが伯爵家で侍女の仕事をする間、カイドはひとまず街の警備の仕事に就くことになった。

「いいか？　その格好で知らない男に声をかけられても返事をするな。見るのもダメだ」

「……善処するよ」

キャルがドレスっぽい服を着ただけで、男が寄ってくるわけがない。

異性が寄ってくるとしたら、絶対にカイドの方だ。

「もう面接の時間になるから行くよ」

宿のおばちゃんが昨日のうちに連絡してくれたようで、今日、伯爵邸で面接することになったのだ。それに合格すれば、そのまま働くことになる。

「ついてきたら、二度と口きかないからね」

そうっとついてきたカイドを振り返って言う。

『探索（サーチ）』を展開しているキャルを密かに尾行（びこう）するなんて、できるわけがないのに。そもそも、この姿のカイドは目立ちすぎて、『探索（サーチ）』がなくても視界に入る。

カイドはガーンと背景に文字が浮かびそうな表情で固まった。

ちょっぴり可哀想だと思うが、カイドがついてくることでキャルが疑われてしまったら、調査ができなくなるかもしれない。

後ろ髪を引かれながらも、キャルはカイドを置いて伯爵邸へ向かった。

4

伯爵邸は、海に近い場所に建っていた。

門のところで警備の人に名前を言うと、執事のような人が出てきて丁寧に案内してくれる。

案内されている途中に、中庭のような場所を通った。

ところどころにブロックが積まれている。元々は花壇だったのだろう。雑草が生えて見苦しいとまではいかないが、荒涼としていて殺風景な庭だ。

まあ、キャルの家の花壇だって、植えてあるものは食べるか薬にするか、ポプリなどにして売るかの実用性重視なので、花を愛でる趣味がなければこんなものだろう。

屋敷自体は白い壁に囲まれた、とても綺麗な建物だ。外壁に沿って木々が並び、この地方独特の青い石が所々に置かれていた。

「こちらでございます」

案内してくれた執事らしき人が、一つの扉の前で止まる。

その扉に描かれた紋章に、キャルは首を傾げた。

——なんだか、見覚えがあるような……？

そんなキャルの思考を遮るようにノックの音が響く。

「旦那様、コロン様をお連れしました」

コロンというのは偽名だ。故郷の町の名前であれば、呼ばれても反応できると思ってつけた。

中から応答する声が聞こえて、執事が扉を開ける。

この部屋は、伯爵の書斎だったようだ。手前に応接セットがあり、奥には重厚で大きな机がある。壁という壁が全て本で埋められていて、読ませてほしいと頼みそうになってしまう。

その気持ちをぐっとこらえて、キャルは頭を下げる。

「キャル・コロンと申します」

「ああ。よく来てくれた。娘は自分の部屋にいる。よろしく頼む」

「はい？」

早口で告げられて、思わず失礼な返答をしてしまった。

伯爵は名乗りもしなければ、椅子から立ち上がりもしない。キャルの返事を気にかけ

てさえいないというか、聞いてもいないのではないだろうか。

面接だと聞いていたので、もっと質問などされると思っていた。

キャルが戸惑っていると、後ろから声をかけられる。

「コロン様、どうぞこちらへ。お嬢様のお部屋へご案内いたします」

さっき開けた扉を閉めずにいる執事が、キャルを部屋から出るように促(うなが)す。きっと、すぐに『面接』が終わることが分かっていたのだろう。

令嬢の世話をする人間を雇(やと)うのに、人柄をよく見極めなくてもいいのだろうか。

それをしなかったから、最初の侍女も次の侍女も失敗したのではないだろうか。

これまでに聞いた話と伯爵の態度から、キャルの中ではそれが確定事項に思えた。

「私はこの屋敷で執事をしております、リコ・カランダと申します。お嬢様の名前は、リリー・アルスターク様で、十八歳になられます」

部屋に行くまでの間に、執事が伯爵令嬢のことを教えてくれる。

彼女は八歳の時に伯爵家へ養子として入ったという。

「お嬢様はご自分の意思を曲げない強い信念をお持ちで、時に周りの声を聞かないようなこともございますが、お優しい方(かた)でございます」

遠回しに、彼女の性格をいろいろ説明される。要するに、少々気が強くて我儘(わがまま)なところがあり、人を信用しないが、まあ、いい子であると。

ただし最後のは、一応付け加えただけのような気がしないでもない。

階段を上ると、雰囲気が変わった。

廊下には花の香りが漂(ただよ)い、飾られているものも華やかで可愛らしいものになる。

その廊下を突き当たりまで歩いていくと、煌(きら)びやかな扉が現れる。伯爵の書斎と違ってキラキラしい。キャルは、向こうの重厚な扉の方が好みではあるが。

「こちらでございます」

執事がノックしてから扉を開ける。

まず最初に、正面の大きな窓が目に飛び込んできた。そこからバルコニーに出られるようで、視界が大きく開(ひら)けて、とても明るい部屋だ。

部屋の装飾はピンクを基調としており、カーテンからクッションカバーに至るまで、レースがふんだんに使われている。

こんなに女の子らしい部屋に入ったことがなくて、キャルは妙に緊張してしまう。

その可愛らしい部屋の真ん中に立つのは、背景に溶け込むほどピンクの部屋が似合う可愛らしい女性だった。

少しピンクがかった金髪に、同じ色の睫(まつげ)で縁取(ふちど)られた大きな瞳。白い肌に、小さなプルンとした唇。まるで人形が動き出したかのようだ。

「お嬢様。こちらが――」

執事がキャルを手で示し、紹介しようとするので、キャルは背筋を伸ばした。

「新しい侍女ね？　ちょうどよかったわ。お茶の時間に庭で友人と会うの。ドレスを準備してちょうだい」

その紹介も聞かないうちに、リリーはさっさと指示を出してくる。

見た目に似合わずはきはきとしゃべる子だ。

だがその態度よりも、キャルは別のところに驚愕（きょうがく）した。

「ドレス⁉」

――準備って、私がするの⁉

今さらながら、『侍女』の仕事内容について考えていなかったことに気が付く。『身の回りのお世話』というのは、小さな子供や老人ではなく、伯爵令嬢の世話だ。

キャルは目を見開いて固まってしまった。その様子に首を傾げて、リリーは言う。

「何よ、できないの？　じゃあ、お化粧は？」

「化粧⁉」

「……髪結いは？」

「はうっ」

「他に何ができるのよ⁉」

「りょ、料理や掃除なら！」

「侍女として来たのでしょう⁉」

——返す言葉もございません！

侍女の仕事だと聞いていた。その上で面接に来たのだから、着付けやお化粧くらいは必須だったはずだ。

執事のリコも呆れた顔を隠さない。

「確認不足でした。申し訳ありません。別の者をよこしましょう」

キャルをその場に置き去りにして、執事は足早に階下へ下りていった。

残されたのはリリーとキャル。

この後どうしたらいいのだろうと、キョロキョロ見回してみるが、何もすることがない。

そこへ、大きなため息が聞こえた。

リリーがソファーに深く腰掛けて、横に置いてあるワゴンを示す。

「料理ができるなら、お茶くらい淹れられるでしょ。紅茶を淹れてちょうだい」

「は、はい！　ありがとうございます！」

キャルは紅茶を淹れてリリーに出す。

そしてポットを片付け終わった頃に、ノックの音が響いた。

誰かが近づいてきているのは『探索』で分かっていたので、すぐに扉を開ける。

そこには、綺麗な女の子が立っていた。どうやら使用人の一人らしい。

「失礼します。お呼びと伺いましたので」

「お茶会の準備をしてちょうだい」

「かしこまりました」

女の子はそう言って、テキパキと準備を始めた。

仕事の内容をすでに聞いていたのか、それとも今聞いてこんなに早く動けるのか。

どちらにしてもキャルには無理だなと思うほど、あっという間にドレスとネックレス、ストールなどが準備された。

全て準備されたのを見計らって、リリーが立ち上がる。そして鏡台の前へ移動すると、ドレスを着替えさせられ、髪の毛もアップにされていく。

キャルはそのスゴ技に見惚れていた。

どうやったらあんなふうに手が動くのだろう。髪の毛を左にやって、右から別の手が出てきて……手が絡まってしまわないのが不思議で仕方がない。

「いかがでしょうか？　気になるところはございますか？」

後ろからも鏡で見せながら、女の子が言う。

どう見ても、キャルどころかリリーよりも年下だ。それなのに、すごい技を持っている。

「いえ、上出来だわ。ありがとう」

リリーが頷くと、女の子はほっと息を吐いて道具を片付け始めた。

キャルはぼーっと突っ立っていただけなので、せめて片付けくらいはしようと慌てて手伝う。

「すみません。今日、侍女として雇われたのですが、私がドレスのことを何も分からないせいで……」

手を伸ばして一緒に片付け始めると、女の子はキャルを見上げてにっこりと笑った。

「身支度のことですか？　そうですね。貴族でなければ、そういうのは分からないですよね。私がやるから大丈夫ですよ」

せっかく一人増えたのに、他の人の仕事が減らなかったら意味がない。

能無しでごめんなさいと、もう一度謝った。

ふふっと笑いながら出ていく女の子を見送って、キャルは部屋を振り返る。

そこには、白い肌をピンクに染めて怒るリリーがいた。

「あの子、クビにするわ」

睨み付けるように言われた言葉に、キャルは驚く。

「何か問題がありましたか？」

女の子がいたのは、ごく短い時間だ。しかも、彼女がした仕事は、元々キャルがしなければならなかったこと。クビになる要素が全く見当たらない。

「生まれながらに貴族じゃない私を馬鹿にしていたわ」

「いつ⁉」

思わずため口になってしまった。

どれ？　どこが？　着替えさせて片付けをしただけだ。しかも、出来栄えは上々だと自分で言っていたではないか。

「貴族でなければ分からない、などと言っていたでしょう」

「あれは私に……」

「遠回しに私に言っていたのよ」

キャルの反論を遮ってリリーが吐き捨てる。そんなことも分からないのかという視線を向けられ、キャルは慌てて首を横に振る。

「そんなわけないじゃないですか！」

「歯向かうの!?　この私が馬鹿にされたと言っているのよ。正しいに決まっているじゃない」

えーー。なんて言ったらいいか分からない。

「あの子をクビにしたら、困るんじゃないですか？　他にドレスを着せられる方っているんですか？」

とりあえず説得は諦めて、クビにするのを阻止しようとする。

「あなたがいるじゃない」

軽く言われて、一瞬、反応が遅れた。

「へっ？　私、一度見ただけで同じことしろなんて言われてもできませんよ？」

技術的なことは練習をすればなんとかならなくもないかもしれないが、ドレスを選ぶなんて、まず無理だ。

ああいうのは、元々そういう服が好きで、かつセンスを持ち合わせていないと。

はっきり言って、キャルにはドレスに関する知識も興味もない。可愛い格好は嫌いではないが、ドレスなんて動きにくくて不経済なものは受け入れがたいのだ。

「そんな服を着ているのに？」

そう言われて、自分の格好を見下ろす。きっと、これはおしゃれな服なのだろう。

「お店の方が、上から下まで準備してくださいました」

自分のセンスではないと伝えると、リリーはさらに怒りの表情を見せる。

「努力する気はないの⁉　あなたも馬鹿にされたのよ⁉」

そんなこと言われても、一朝一夕にできるものではないのだ。……侍女としてここに来ておいてなんだが。

「先ほどの方は、私を馬鹿にしたりはしていなかったと思います。できないことを教えるために、やってみせてくれただけです」

けれど、言葉を重ねれば重ねるほど、リリーの顔は赤くなる。

今は何を言っても、きっと聞き入れてくれないだろう。

「このっ……！　私が何も理解していないように言うのね！　あなたはここにはいらないわ！　台所にでも行って！」

リリーは綺麗な顔を歪めてキャルに背を向けた。

やった！　ありがとうございます。では、台所で働かせていただきます！

……と言いたいのは山々だけれど、台所って、人手足りているんじゃないの？

それに、キャルはリリーの優しさに気が付いていた。

ドレスを選ぶのが無理だと言えば、他にできることを聞いてくれた。手持ち無沙汰にしていれば、キャルにもできそうなことを指示してくれる。

さっきから怒っていたのだって、本当はキャルのためでもあるのではないだろうか。

台所に行けと言ったのも……もしかして、キャルが料理はできると言ったから？

そんなことを思ったら、怒り心頭というように背中を向けているリリーが可愛く見えてきてしまう。

たしか、十八歳だと言っていた。

もう子供とは言えない年齢だし、伯爵令嬢なんていう高貴な方を可愛いと思うのは失礼だけれど、キャルはついつい微笑む。

「では、もう無理だと思ったらそうさせていただきます。とりあえず、お茶会ですよね？　給仕はできるので、お供させていただきます」

「はあ？　ちょっと、あなたが判断するんじゃなくて、私がするのよ？」

キャルはうんうんと頷きながら、外に出る準備を始める。

帽子と手袋は、さっきドレスと一緒に並べられていたものでいいのだろう。

ハンカチと日傘は付き人が持つはずだ。多分。

「あと、何がいるのでしょうか？」

「やっぱり分かってないじゃない！　敷物やお水、お土産なども、あなたが準備するのきた。

「なるほど。は～い」

背後から怒った声で出される指示に従い、キャルはにこにこと準備を整えることがで

よ!?」

リリーは怒りながらも指示を出してくれる。

お茶会は伯爵家の中庭で開かれた。海からの風が心地よい。

しかし、もう秋の入り口とはいえ、天気が良ければまだまだ汗ばむこの季節。なぜにお嬢様方は厚着（ドレスのこと）して、炎天下でホットティーを飲むのか。

いや、彼女たちは木陰にいるからまだいい。周りで警護している人たちの上に影はなく、給仕をするキャルたちも半分くらいは日陰に入れているかな、というくらいだ。

はっきり言って、暑い。

この暑さの中にあって、おほほと笑いながら上品にカップを口に運ぶ令嬢たちは、実はものすごく体力があるのではないだろうか。

リリーを囲むようにして、三人の令嬢が優雅に歓談していた。

三人とも金髪で、似たような淡い色のドレスを着ている。仕草もしゃべり方も個性が

なく、次に会った時、ドレスの色が違えば他と見分ける自信はない。

「そういえば、ずっと行方不明になっていた盗品が見つかったのですって？」

しばらく歓談をした後、一人の令嬢が目を輝かせながら言った。

「そういえば、そんなことを聞いたような気がしますわ」

もう一人も同調する。

今思い出したふうだが、絶対に話すタイミングを見計らっていたと思う。

「まあ。皆さん、お耳が早いですこと」

そう言ったきり、リリーが続きを話さないので、最初の令嬢がさらに踏み込む。

「盗んだ犯人は、まだ逃げているとか。恐ろしいですわね」

他の令嬢たちも、うんうんと首を縦に振る。

犯人が逃げている？　そういうことになっているのかと、キャルは一人驚いていた。

「本当に、そうですわね」

リリーは手を頬に当てて、ほうっと息を吐く。

周りの令嬢たちが前のめりになっているというのに、リリーは「恐ろしいわ」と繰り返すだけだ。

令嬢たちは、その話を詳しく聞きたいのだろう。しかし、リリーが自分から進んで話をすることはない。

「盗まれていたという品は、お手元に戻られましたの？」

今度は別の令嬢が、もっと核心に迫る質問をした。

令嬢たちの瞳がさらに輝いたのを見て、何が聞きたいのかをキャルは察する。

盗品という言い方からして、彼女たちは盗まれたものが本だとは知らないのだろう。

彼女たちにとって、盗まれるほど価値のあるものといったら、きっと宝飾品だ。

どんなお宝なのか。それが気になって仕方がないのだ。

「私には分かりませんの」

リリーが小首を傾げて困ったように微笑む。

その表情から、本当かどうかは読み取れない。

ただ、他の令嬢たちが一斉に醒めてしまったことは確かだ。

「まあ。もうこんな時間ですのね」

「本当だわ。長くお邪魔してしまいましたわ」

さっきまではリリーの機嫌を取りながら会話していたのに、いっそ潔いほどあから

さまに帰る準備を始める。

どうやらこのお茶会は、アルスターク伯爵家から盗まれた品が戻ってきたかどうか、

そしてどんな品なのかを確かめるだけの会であったようだ。

「もうお帰りになるの？　無為(むい)に時間を過ごすことも、たまにはいいものだと思っておりましたのに」

くすくす。

リリーが鈴を転がしたような美しい笑い声を立てる。

帰ろうとしていた令嬢たちは、一瞬頷(うなず)こうとして、その失礼な内容に気が付いた。

「こちらこそ時間を無駄にしましたわ！」

「お邪魔しましたわね！」

仲良しではなかったのかと、キャルは驚く。

わざわざ自宅でお茶会を開き、友人と一緒に午後のひと時を過ごす。それがまさか、こんな険悪なものになるとは思いもしなかった。

「ええ。お互いに」

帰り際の捨て台詞(ぜりふ)に、リリーは満面の笑みで応(こた)えた。

令嬢たちは、真っ赤な顔で中庭を出ていく。

リリーはもちろん見送りなどしないし、それどころか立ち上がりさえしなかった。

キャルはリリーに一礼して、令嬢方を玄関まで送っていく。送っていくといっても、彼女たちが歩く後ろをしずしずとただついていくだけなのだが。

「全く、礼儀がなっていないにもほどがありますわ」

屋敷から出るまで我慢できなかったのだろう。

一人の令嬢が鼻息荒く、文句を言い始める。

「伯爵令嬢たる私が、わざわざ来てやったというのに、あの態度！」

伯爵令嬢ということは……リリーと同じだ。なのに、自分の方が上だと認識している言葉に、キャルは引っかかりを覚える。

来てやった……などと思っている人間と、楽しくお茶会なんてできないだろう。

「どこの娼婦が産んだかも分からない汚らわしい女と、仲良く話までしてあげたというのに」

確かにリリーは養子だと聞いている。

しかし、ひどい言い草だ。

「全くですわ。アルスターク伯爵家に面白い話があるというから聞きに来ただけですのに」

両隣からも同意の声があがる。

この話を耳に入れてしまうのは、キャルだけではない。長い廊下を歩く間に、数人の使用人とすれ違う。

彼らは令嬢たちが通り過ぎるまで、端に寄って頭を下げて待つのだ。彼らの耳にも、令嬢たちがリリーを馬鹿にする言葉の数々が聞こえてくるだろう。

彼女たちの目には、使用人は家具か何かのようにしか見えていないに違いない。

「やっぱり私、以前伯爵家にいた隠し子が怪しいと思いますの！」

リリーの悪口大会が終わり、別の話が始まった。

「そう思われます？　実は私もそう思っていたのですわ！」

「二十年もの間、逃げ回っているのでしょう？　今どこに隠れているのかしら！」

突然の話題転換にも、他の二人は戸惑わずについていく。

リリーからは聞き出せなかった盗品の話だろう。

三人は、まるで探偵にでもなったように持論を展開させていく。

前伯爵の隠し子だった令嬢は、あらゆる男を手玉に取っただの、盗んだものは一旦地中深くに埋めて、最近ようやく取り出したのだろうとか。

よくもまあ、これだけ次から次へ口が動くものだと思うほど話を続けていた。

玄関が見えてきて、キャルは少しだけ足を速める。そして玄関扉を開き、大きく頭を下げて令嬢たちが通り過ぎるのを待つ。

彼女たちは、その間ずっとおしゃべりに興じていた。もし扉が開いていなかったとしたら、彼女たちはぶつかっていたのだろうか。そんな恐ろしいこと、試すことはできないが。

三組の足が通り過ぎていったことを確認してから、頭を上げて令嬢たちの背中を見送る。

彼女たちが、自分たち使用人に視線を向けることは、ついぞなかった。

キャルがリリーの部屋に戻ると、そこには執事のリコがいた。

キャルの制服を届けてくれたようだ。

「今日はこれで上がっていいですよ。後のことは、明日からお願いします」

「はい。ありがとうございます」

どうやらクビではないらしい。ほっとしながら、キャルは制服を受け取る。

リリーと執事に挨拶をして、伯爵邸を後にした。

たった一日で、いろいろと聞くことができた。初仕事がお茶会だったのが大きいだろう。令嬢たちは大きな声で、様々な噂話を展開してくれた。

二十年前に出された盗難届。

同じ頃に伯爵家から出ていった令嬢。

そしてキャルの家の書斎にあった魔法書。

キャルの『そんなわけない』という先入観を抜きにして考えれば、追い出された令嬢は……

思いついてしまった考えは、なかなか消えてくれない。

キャルはとぼとぼと宿へ帰り、カイドを随分心配させたのだった。


それから一週間、キャルは毎日伯爵邸に出勤し、リリーの世話をしている。

ドレスなど身支度の手伝いはできないが、リリーの話し相手として、意外と役に立っているのではないかと思っている。

仕事も最初はお茶を淹れること以外できなかったのだが、徐々に慣れてきて、お出かけの準備くらいはできるようになってきた。

リリーは非常に交友関係が広く、毎日、誰かしらと会う約束がある。

どこぞの男爵家に赤ちゃんが生まれたという正式なお呼ばれから、庭の花が綺麗に咲いたから見に来てほしいという小さなものまで。

そして、陰口を叩かれることが多い。まだ一週間しかいないキャルでさえ、リリーを生まれの怪しい子供として蔑む発言を何度も耳にしている。

とりわけ今日の子爵夫人はひどかった。陰口どころか、直接悪意をぶつけている。

「あら、あなたには理解できないお話でしたかしら?」「……まあ、生まれが生まれですものね」などなど、リリーが発言するたびに何かしらの嫌味を返してくる。

身分で言えば、子爵夫人など大したことはない。伯爵令嬢のリリーには頭が上がらないはずなのに。

「いい加減、ポットの湯をかけてやってはどうでしょうか」

お茶のおかわりを注ぐ時に、さりげなく小声で伝えてみる。

するとリリーは、ちらりとキャルを見上げて、ふんと小さく鼻を鳴らす。

これくらいの嫌味など、怒るほどではないと言いたげだ。

「そろそろ、失礼いたしますわ」

「まあ。急ですわね。もう少し遠回しに暇を告げるべきですわ。そんな言葉の機微はお分かりにならないのかしら」

ほうっ。

呆れたと言わんばかりに大きなため息を吐くおばさん。その顔をひっぱたいてやりたい。

拳を握りしめるキャル。それを隠すように、リリーが一歩前へ出る。

「そうですわね。私、女性の間での暗黙の了解というものも、あまり理解しておりませんの。ですからここでの会話について、侍女に口止めもしませんし、父に知られることも厭うておりませんわ」

そう言って、リリーは優雅に腰を折る。

それを聞いた子爵夫人は目を丸くして立ち上がる。

「ちょ……本当に、どうしてあなたは分からないのかしら!?」

「はしたないですわよ。私に分かるのは、報復には権力が有用だということくらいかしら」

リリーは軽く退室の挨拶をしてから、くるりと振り返ってキャルを視線で促す。

強い。惚れそうだ。

リリーはコネクションを作ると同時に、自分に敵対する者は、さっくりと潰していく。

呆然とした子爵夫人の表情を見て、キャルは満面の笑みで部屋の扉を開けた。

「……その、いちいち顔に出すの、なんとかならないの」

「善処します」

リリーに呆れた顔で言われ、キャルは少しだけ反省した。

こんなふうに、侍女としての仕事はそれなりに楽しい。しかし、リリーが交友関係の拡大に励んでいるため、屋敷で調査する時間がないのだ。使用人仲間に聞き込みをしようと思っていたのだが、その時間もなかなか見つけられない。

一日の仕事を終えて、そんなことを考えながら歩いていると、覚えのある気配にふと顔を上げた。

カイドから少し広めに『探索（サーチ）』を展開するように言われていたのに。

気付くのが遅れてしまった。

気配に気が付いた時には、その姿は視界に入るほど近い位置にあった。

――オーレリアン。

なぜか、カイドと立ち話をしている。

これは、彼がオーレリアンを抑えておくから逃げろということだろうか？　それとも、一緒に戦うべき？

キャルが迷っていると、向こうも彼女に気が付く。

キャルはヘビに睨（にら）まれたカエルのように、かちんと固まる。

この距離で逃げても絶対に逃げきれない。

カイドが助けてくれたとしても、逃げられるだろうか。いずれにせよ、街に甚大（じんだい）な被害が出てしまうのは避けられない。

どうすれば――とパニックになっていると、カイドがあっさりとキャルに近づいてくる。

「キャル。おかえり」

オーレリアンはカイドを捕まえようとしない。

「あ、あれっ？」

思わず気の抜けた声が出てしまう。

カイドは、そんなキャルの様子に苦笑して、大丈夫だと肩を抱き寄せる。

オーレリアンは気に入らなそうな表情をしていたけれど、キャルを捕まえようとしてくるわけでも、問い詰めてくるわけでもない。

「オーレリアンも俺たちに協力してくれるってさ。有罪無罪どちらにしろ、真実を突き止めよう」

コロンでの態度とは真逆だ。

キャルが目を丸くすると、カイドがニヤリと笑う。

「キャルを捕まえても、俺が逃亡すれば、本は手に入れられない。こいつがキャルに手を出した時点で、俺は空間に入れてある本も含めて、全て爆発させる」

帰ろうと、背中を押して宿へと促(うなが)される。

ちらりとオーレリアンの方を見ると、先ほどから変わっておらず、不本意ながらも本当に協力してくれるようだ。

普段の饒舌（じょうぜつ）さが嘘のように、彼は黙りこくっていた。

一方のカイドは、ものすごく上機嫌だ。

ムスッとしたまま動かないオーレリアンを放って、二人で宿に戻る。

宿で詳しく聞いたところによると、オーレリアンたち魔法使いは、キャルたちに逃げられた後も、しばらくコロンに滞在していたらしい。

キャルの家全体に施（ほどこ）された結界を解き、父の書斎の結界にも手を出したそうだ。

違う種類の結界を重ねがけしたとは聞いていたが、カイドは結界と結界の間にも、いろいろな仕掛けを施（ほどこ）しておいたらしい。

ほんのりラベンダーの香りがしたと思ったら、次の日の朝まで眠ってしまったり、突然、オーレリアンの昔の暴露（ばくろ）話が流れ始めたり。他にも麻酔薬だったり、幻覚だったり……

「俺の力でオーレリアンの力に勝る結界を組むことなんてできないからな」

カイドは非常に面白そうに語る。

このままだと、最初に浴びせられた『痴漢（ちかん）撃退薬』も出てくるかもしれない——そう考えて、魔法使いたちは及び腰になったという。……余談だが、キャルがいないので解毒薬が作れず、彼らは三日ほど涙を流しっぱなしだったらしい。

オーレリアンは書斎の結界を解くのを諦めた。

それから、ようやく追跡を開始したのだ。

キャルたちがどこに行こうとしているかは『あいつも分かっている』とカイドが予想していたが、それは大きく外れていた。

さっぱり行き先が分からず、一度王都に戻ってから、青い鳥を飛ばすなどして、いろいろ探していたという。

「青い鳥は俺の冒険者カードをめがけて来ているって、前に聞いたことがあってな。今はカードを別空間に放り込んでるから、辿り着けなかったんだろ」

依頼を受けている時は、冒険者カードは常に携帯しなければならない。身分証明にも使えるので、キャルは胸元にいつも入れている。それを今は、カイドが荷物を入れている空間に一緒に入れているらしい。

キャルはよく理解できていないのだが、魔法で作り出した空間は別次元になるので、そうするとこの世界には存在しない状態になるらしい。

ようやく諦めたオーレリアンが、盗難被害に遭った伯爵に話を聞こうとイーシエに来たところで、カイドの気配を察知したということだ。

「筆頭魔法使いなのに……大丈夫なの？」

「まあ、分かっているだろうが、あいつは頭のいい馬鹿だから」

ふん、とカイドは鼻を鳴らす。

「とりあえず、オーレリアンのことは、しばらくは大丈夫だ」

ただし、キャルたちが盗難事件の重要参考人として指名手配されていることに変わりはないので、注意は必要だが。

カイドの自慢げな顔に、キャルは笑顔を返した。

5

次の日、キャルはいつも通りに出勤した。

リリーは今日も高慢で、キャルに対して嫌味を欠かさない。

唯一、彼女に満足してもらえるお茶を淹れていると、そこへ執事のリコが現れた。

「失礼します。本日もお約束が数件入っておりましたが、ご予定の変更をお願いしたく参上いたしました」

綺麗に腰を折る執事に、キャルは感嘆を禁じ得ない。

お辞儀の仕方を教わって初めて知ったのだが、背筋を伸ばしたまま深々とお辞儀するのは、非常につらい体勢なのだ。しかも、彼は結構な年配だというのに、素晴らしい姿勢だった。

キャルが勝手に感心している横で、話は進んでいく。

「変更？　珍しいわね。先方のご都合ではなく？」

執事の言い方で、相手の都合ではないことが分かるのだろう。リリーが眉をひそめる。

社交を大切にしているリリーとしては、約束をこんな直前になって反故にすることは避けたいはずだ。

「はい。本日、国の筆頭魔法使いであられるオーレリアン・シャルパンティ様が、この屋敷にご来訪くださることになりました」

「なんですって!?」

リリーが大きな声をあげなければ、キャルの嫌そうなうめき声がバレていただろう。

なぜいきなり来るのだ。カイドでさえまだ来ていないのに。

彼は、警備員として信用を獲得すべく働きつつ、街の人に積極的に話しかけて情報の収集も行っている。

普段の黒ずくめと違って警備の服を着ているので、不愛想でも人々に怖がられることがあまりないのだという。

「キャル、すぐに衣装の準備ができる侍女を呼んで！」

「はい！　申し訳ありません！」

思わず出たのは謝罪の言葉。

リリーはキャルに衣装の準備ではなく、別の侍女を呼ぶことを命じた。

それが申し訳なさすぎて、キャルは急いで他の人を呼びに出た。

オーレリアンが伯爵邸を訪問するなど、面倒なことにしかならないと思う。

あのテンションで滔々と語られることを考えると、今からうんざりする。

それでも、キャルはリリーの侍女だ。賓客を迎えるリリーの傍を離れることなど、できるわけがない。

リリーの指示のもと、今日会う予定だった方々に謝罪の連絡をしつつ、彼女の様子を眺める。

「筆頭魔法使い様にお会いできるなんて。なんて素敵なの」

普段のひねくれた態度は全く見せず、ただただ楽しみにしている。

こうしていると、年相応の可愛らしい女の子に見えた。

しかし、会うのを楽しみにしている相手は、アレだ。――可哀想でならない。

リリーが支度を終え、さらに爪や髪の毛を入念にチェックしているところで、扉がノックされた。

「お嬢様。お見えになりました」

「すぐに向かいます」

リリーは、最後にちらりと鏡を見てから部屋を出る。もちろん、キャルも一緒だ。

執事のリコは、この屋敷で一番良い客室へとキャルたちを案内する。

ふと、客室の中に三つの気配があることに気付いた。

しかも、そのうちの一つは――

予想外の事態に混乱してしまう。そんなキャルの内心も知らず、執事はさっさと客間の扉をノックする。

重厚な扉が開かれると、そこには黒いローブを羽織ったオーレリアンとサシャ、そして警備服を着たカイドが立っていた。

カイドはなぜかきちんと髪を整えてチャラ男仕様だ。もしかしたら、街での聞き込みがしやすいよう、ずっとチャラ男で動いていたのかもしれない。

入ってきた二人を見て、オーレリアンはにっこりと微笑む。

「お会いできて光栄です。お嬢様」

綺麗な微笑みを浮かべて、リリーの前で膝を折る。

キャルの方には視線さえも向けない。ただの侍女を筆頭魔法使い様が視界に入れるなんてありえないのだろう。

「私は、この国で筆頭魔法使いを務めております、オーレリアン・シャルパンティと申します。貴重なお時間をいただき、ありがとうございます」

彼のまともな自己紹介を初めて聞いた。これは、何か練習でもしてきたのだろうか。

オーレリアンは美形だ。キャルが今までに会ったことがある人の中でもダントツで綺麗な顔をしている。

その人が紳士然と振る舞うと、こんなに王子様のように見えるのかと、キャルは目を瞬いた。

「こちらこそ。我が家にお越しいただき、光栄ですわ。リリー・アルスタークと申します。どうぞ、リリーとお呼びくださいませ」

その声を聞いて、キャルはリリーを二度見してしまった。

いつもと声が全然違うではないか。こんなふうに一オクターブ高い声で、甘えるような話し方をする彼女なんて見たことがない。

リリーは、うっとりとオーレリアンを見上げていた。

その視線を受けて、オーレリアンも再び綺麗に微笑む。

あれ？　これ誰だっけ。なんだか別人に見えるんだけど。

目の前で美男美女が微笑み合っているはずだが、どうにもしっくりこない。

サシャは従者としての表情を崩さず、一歩下がった場所で俯き加減に立っている。しかし、彼の今の心中は、『そんなことできるなら、普段からやってくださいよ！』とか文句のオンパレードのはずだ。

さらにその後ろのカイドに視線を向ければ、笑いもせずに真っ直ぐに立っていた。

しかし、キャルと目が合うと、少しだけ目元を和らげる。

キャルはぱっと彼から視線をそらして、一生懸命絨毯を見つめた。

詰襟のきっちりした上着は白地に青い縁取りが映え、遠目でも頼りになりそうな雰囲気だ。さらに髪を整えて優しげな雰囲気を醸し出している。そんな彼と目を合わせていられなかった。

あんな格好いいカイドと見つめ合ってしまったら、顔が赤くなるのを止められない。

今でさえ、すでに赤いような気がしているのに。

そこへ、少し慌てたような足音が近づいてきて、扉がもう一度開いた。

「お待たせして申し訳ない」

入ってきたのは、アルスターク伯爵だった。

きっと、ぎりぎりまで仕事をしていたのだろう。

彼が書斎から出てきた姿を、キャルは見たことがなかった。それほど仕事人間で、常時書類を眺めているのだ。

しかし、客人を待たせてまでやるような仕事があったのだろうか。

「いいえ。急に訪問したのはこちらですので」

この部屋の中で一番身分が高いのはオーレリアンだ。彼がにこやかに許容すれば、それに異を唱える人間などいるはずもない。

伯爵はほっとしたように笑って頷く。

「そう言っていただけるとありがたい。マルク・アルスタークと申します。お会いできて光栄です」

マルクは満面の笑みを浮かべながらオーレリアンに近づき、その手を両手で握りしめた。

オーレリアンは、突然握られた手を目だけでじっと見た後、にっこりと笑って握り返した。

今のは、きっと嫌だったけど我慢した感じだろう。

「どうぞ、お掛けください。……おい、何をぼうっとしている。お茶を」

前半はオーレリアンに、後半はキャルにかけられた言葉だ。

ぼうっとしているも何も、キャルはリリーについているのだ。こういう場でお茶を淹れる役目じゃない。

しかし、そんな文句は口に出さずに、小さな声で返事をする。

「はい。かしこまりました」

キャルはお茶を淹れるために、部屋の隅にあるワゴンに向かう。それと入れ替わりに、男性陣とリリーはソファーへと向かった。

オーレリアンが上座に一人で座り、その後ろにサシャとカイドが立つ。

マルクとリリーは、オーレリアンの向かい側に並んで座った。

「本日は、急な来訪を受け入れてくださり、ありがとうございます」

オーレリアンがまず頭を下げると、マルクは再び満面の笑みを見せる。

「いえいえ。筆頭魔法使い様に来ていただけるなど、光栄の極みです。大したおもてなしもできませんが、是非夕食をご一緒に。娘も楽しみにしているようですし！」

「まあ。お父様ったら」

ちゃっかり娘をアピールしている。

しかし、伯爵にそんなアピールをされるってことは、オーレリアンはどれだけ偉い人なのだろう。筆頭魔法使いってことは知っているけれど、魔法使いの中で偉いだけではないということだろうか。

キャルはいまいち、オーレリアンの身分の高さを掴めていなかった。

平民と貴族の違いは分かるけれど、それ以外のことが出てくると、本当にわけが分からなくなりそうだ。身分の差って難しい。

彼らが挨拶をしている間に、キャルはそれぞれの前にお茶を置いていく。

カイドの視線を感じるが、目が合えば赤面してしまうので、視界に入らないように俯き加減で給仕をしていた。

それが本来あるべき侍女の姿で、リリーから合格点をもらっていたことに、キャルは気付いていなかったが。

「本日お伺いしたのは、二十年前に出された盗難届のことなのです」

お茶が並び終わるのを待って、オーレリアンが本題を切り出す。

マルクは分かっているというように鷹揚に頷く。

「先日、例の書物が発見されたとか。盗んだ悪女は見つかりましたか？」

――悪女。それは、キャルの母親のことを指しているのだろうか。

悔しい気持ちが顔に出てしまうのを押しとどめて、キャルは無表情を保つ。

リリーたちの背後に立っているので、表情を変えても彼らには気付かれないだろうが、他の使用人たちの目がある。

「見つかりましたが、書物はまたも持ち去られてしまいました。彼女の行き先は分かったのですが、身柄確保には至っておりません。しかし、彼女と親しい人間に接触ができたので……」

どうやらオーレリアンは、キャルの母が生きていることにして話をするつもりらしい。彼女と親しい人間というのは、きっとキャルのことだろう。

「見つかった!?」

マルクが突然大きな声をあげた。

それに驚いて、オーレリアンが言葉を止める。

我に返ったマルクは誤魔化(ごまか)すように咳(せき)ばらいをしながら、小さく首を横に振る。

「あ……ああ、失礼しました。今さら見つかるとは思っていなかったので」

彼の言葉に、オーレリアンが大きなため息を吐(つ)く。

「……諦(あきら)めさせてしまっていたとは、申し訳ありません。こちらの落ち度です」

「そんなっ……！　いえ、必死に探していただいていることは理解しておりましたとも！」

マルクは少し声が裏返るほどに慌てている。

失踪から二十年も経ったのだ。諦めていても不思議ではないのだが、国の中枢にいる人間に謝られるということに恐縮してしまっている。

「そ、そうだ。そんなことより、彼女と親しい人間が……？」

そんなこと。

とても失礼な言葉が飛び出てきたが、当のマルクは気付いていない。

「ええ。書物の在り処を知っているはずの人間です。その者と話をする前に、こちらも情報を集めておきたいと思いまして」

在り処を知っているというか、持っている。

今まさにオーレリアンの後ろに立っている人間が別空間に手を突っ込んだら、すぐに出てくるはずだ。

「なるほど。それでまず私に話を聞きに来てくださったわけですか。それはいい考えだ」

マルクは、この涼しい部屋で汗でもかいたのか、ハンカチを取り出して首筋を拭いている。キャルには、妙に安心したように見えた。

今の話の中に、安心するような内容があっただろうか？

犯人と親しい人間に、先に会いに行かれたら困る……？

「逃げた女は……アルスターク家の身内だと言い張る可能性があります」

苦々しい声で、彼は言う。

「嘆かわしいことに、あの女は一時期、我が家に住人のように居座っておりました。当時、なんの権限もなかった私には、追い出すことはできなかったのです」

あの女……と、罪人であるかのように語られているのは、キャルの母のことだろう。

母が……伯爵家に、住んでいた？

父と母が貴族に繋がりのある人だと考えたことはなかった。コロンという辺境の町に住んでいたし、野菜を育てて自給自足をして、普通の町民と同じ生活をしていたのだ。

「お知り合いだったのですか？」

「ええ。父を騙して我が家に入り込んできた、まさに悪女でしたね」

マルクが父と呼ぶのは、前伯爵のことだ。

「あれは、父の娘だと名乗り、あろうことか私と兄妹だと言い張ったのです」

彼は苛立たしげに拳を握りしめる。

「父が外で子を作るなどありえないと、母も言っていました。それなのに、あの女はこの家に入り込み、父をたぶらかしたのです」

キャルの母は、病弱だった。なのにやたら元気で、走り回ろうとしては父に怒られていたような印象がある。

でも、キャルは知っていた。

母は、父に怒られるのも好きだった。キャルと散歩と称してかけっこをした後、父が心配して駆けてくる姿にうっとりしていたと思う。

父のことが大好きで、田舎の生活も、農作業も楽しみ、いつも幸せそうだった。

そんな母が、嘘を吐いて伯爵家に入り込んで、前伯爵をたぶらかした？

キャルが生まれる前の話だ。人は変わるのだと言われてしまえばそれまでだが、そんな話をすんなりと信じられるはずがなかった。

だからといって、母が本当に前伯爵の隠し子だと言われても嫌なのだが……

「なるほど。アルスターク家ともなれば、その手の財産目当ての人間が後を絶たないだろうことは理解できます」

オーレリアンが同情的に頷く。

それに気をよくしたらしいマルクが満面の笑みで訴える。

「そうなのです！　そして、父が亡くなった途端、なんと父が大切にしていた書物を全て持って逃げてしまったのですよ。父が亡くなってしまえば、自分の居場所もなくなることが分かっていたのでしょう」

憎々しげな声だ。

彼は、キャルの母のことが本当に嫌いだったのだろう。

「それで、書物を売ろうとしたけれど、盗難届が出されて売れなくなってしまったと」

オーレリアンがマルクの言葉を補足するように言う。

盗んだのに、売らなかった理由。それは足がつくことを恐れたから。

だが母は、特に隠すでもなく、ずっと持っていたのだ。

「ええ。実に狡猾に隠していたに違いありません」

オーレリアンがマルクと二人で、うんうんと頷き合う。

わざと母を貶め、相手の言葉を引き出して真実を探る。

キャルには、こんな会話は無理だ。

それを考えれば、オーレリアンがその役を担ってくれるのは助かる。

「その女を見つけはしたものの、逃げられてしまいました。私どもの不手際で申し訳ないと思っています」

オーレリアンの言葉に、マルクもそう思っているのか、頷くだけで返事をしない。

「今後、全力で彼女を探しますが、その間に……」

オーレリアンが後ろを振り向いてカイドに合図をする。

カイドはオーレリアンの横まで進み出て床に片膝をついた。

「見つかったことで追い詰められた彼女は、盗難届を出した伯爵を狙うかもしれません。だから、この男をご用意いたしました」

オーレリアンの紹介を受けて、カイドが口元を緩める。

「カイドと申します」

珍しいカイドの社交用の笑顔だ。

「この男は、この街の警備では……？」

カイドの着ている服を見てマルクは判断したのだろう。しかも、カイドの肌はそれなりに日焼けしている。この海沿いの街に住む地元の人間に見えなくもない。

「ええ。警備の仕事をしている者ですが、元々は王城で働いていました。しかし、放浪癖がありましてね。ちょうどこの街に来ていることが分かり、好都合だと思って仕事を依頼したのですよ」

オーレリアンが苦笑いを浮かべながらカイドを示す。

サシャも同意するように頷いて、ため息を漏らしている。

「しかし、腕は確かです。一人で街と街を好きに行き来できるほどにはね。こちらの不手際で逃がした相手に、被害者を傷つけさせるわけにはいかない。ですから最善の策を取ります」

被害者――この場合は、アルスターク伯爵のことだろう。

だが母のことを散々悪く言われているので、どうしても彼が被害者だとは思えない。

キャルは口がへの字になっているのを自覚した。

「なんと。一人で動けるほどの腕ですか」

マルクもリリーも、オーレリアンの説明に目を丸くしてカイドを見る。

カイドは、にこにこと愛想良くしていた。普段の彼はどこに行ってしまったのか。

「しかし、逃げた女一人にそこまで警戒する必要がありますか?」

恐縮している様子のマルクに、オーレリアンは最高の笑顔を見せる。

「犯人が何をしてくるか分かりません。対策は充分とっておくことに越したことはないでしょう。この家には、こんなに美しいお嬢様もいらっしゃるのだし」

オーレリアンは、マルクに目を向けた後、そのままリリーの方を見る。そして、髪をかき上げながらにっこりと笑った。

彼に笑顔を向けてもらっただけで、リリーは真っ赤になってしまっている。

オーレリアンの性格を知るキャルからすれば、『見たまえ！　この美しい私を！』と言っているように見えて、とてもうんざりする表情だったが。

なぜわざわざ髪をかき上げる。少し首を傾げて斜めの角度にするのも、『この角度が最も素晴らしいんだよ』という心の声が聞こえてきそうで嫌だ。

「そんな……私の心配をしてくださるのですか？」

リリーが震える声で問いかける。

「もちろんです。あなたの笑顔が不安で曇るところなど、私は見たくない」

今日、初めて会ったばっかりでしょ。笑顔なんて、まだ一度も見てないでしょ。

リリーはこの部屋に入ってきた時から緊張して赤くなっているだけだ。少々微笑んだりはしていたが、笑顔と言えるほどのものではなかったと思う。

「嬉しいです……！　ありがとうございます」

――思うけど、リリーが疑問に思わないならいいだろう。

リリーは両手を頬に当てて幸せそうに微笑んでいた。

いつもと違いすぎる彼女の姿に、キャルは少し戸惑う。

「いつの間にそんなに仲良くなって……！　ああ、ありがたい。是非、この屋敷の警備をお任せしたい！」

いつの間にも何も、この客間で会ったのがこの人たちの初対面ですよ。

そんなキャルの突っ込みも、当人たちには聞こえない。

「もちろんです。犯人が捕まるまでの間、彼を用心棒としてお使いください」

なんだかオーレリアンが連れてきたというより、伯爵に望まれたというような感じになった。

見た目と権力というのは、こんなふうに使うんだなあと感心してしまう。

「ありがとうございます！」

嬉しそうな親子に微笑むオーレリアンを見ながら、騙されないように気を付けようとキャルは思った。

「先ほど食事のお誘いをいただきましたが、私はまだこれから行かなければならないところがあるので、これで失礼させていただきます」

オーレリアンは、軽くマントをなびかせながら、優雅に立ち上がる。

今のは、絶対に風をわざわざ操ったんだと思う。

「まあ！　もう行ってしまわれるのですか？」

リリーもマルクも残念そうな表情を浮かべている。是非とも食事を共にして、さらに親交を深めたかったのだろう。

「ええ。非常に残念なのですが」

オーレリアンも困ったように首を傾げてみせる。けれど、引き止められながらも、ゆっくりとドアへ向かって歩く。

彼を見送るために、マルクたちもソファーから立ち上がった。

リリーは目の前を通り過ぎるオーレリアンをうっとりと見上げながら、ドアの方に向かう。

ぼんやりしていたのだろう。ソファーに足をぶつけてしまい、ぐらりとよろけた。

キャルがアッと思った時、ふわりとリリーの体を支える人があった。

カイドだ。

オーレリアンの後ろをついて歩いていた彼が、リリーがよろけたところを支えたのだ。

「もっ、申し訳ありません！」

真っ赤な顔をして、リリーが謝る。男性に見惚(みと)れたせいでよろけるなんて、とても恥ずかしいはずだ。

顔が上げられなくなってしまったリリー。

その手をそっと持ち上げて、カイドが微笑む。

「こちらこそ。レディーの体に許可もなく触れてしまったことをお詫(わ)び申し上げます」

リリーの視線が上を向き、カイドの顔を捉える。

彼は、キャルが見たこともないほどにっこりと笑って、リリーの手を持ったまま優雅に一礼した。

「シャルパンティ様の言う通り、あなたの笑顔を曇らせたくない。そうならなくてよかった」

「まあ」

リリーの赤かった顔が、別の意味でさらに赤く染まる。

キャルは開いた口が塞がらない。

――ダレダ、アレ。

「おい。失礼なことをするな」

オーレリアンが後ろを振り返って、不愉快そうに眉を寄せる。

見方によっては、彼が嫉妬でもしているように感じられた。

リリーにはそう思えたのだろう。

先ほど以上に目がキラキラと輝いて、『私のために争わないで！』などと叫び出しそうだ。

「申し訳ありません」

カイドは素直にリリーの手を放し、オーレリアンに頭を下げる。

「全く……」

オーレリアンは軽くため息を吐いてから、マルクに向かってカイドの無礼を詫びる。

そうして、カイドを伴い屋敷から出ていった。

残されたのは、熱があるのではないかと思われるほど顔を赤くしたリリーと、どうすればオーレリアンを婿に迎えられるか算段するマルク。

キャルはとりあえず、マルクのことは無視して、リリーを自室へ戻すことにした。


カイドはアルスターク家の屋敷を警備する権利を得た。彼が屋敷を自由に動き回れた方が、欲しい情報を入手しやすくなる。

マルクとの会話だけでも、随分と大きな収穫があったではないか。

キャルも、このままリリーの傍で情報収集を続ければいい。

……そんなことは分かっている。

だけど、このもやもやは、そんな綺麗ごとでは片付けられないのだ。

「ああ。お噂には聞いていたけれど、なんて美しい方なの」

リリーは彼らが帰った後も、うっとりとオーレリアンの姿を思い返している。

当たり前だが、もやもやしたままのキャルのことは放置だ。

「筆頭魔法使い様のことを知っていらしたのですか？」

キャルの問いかけに、リリーが眉を吊り上げる。

「当然でしょう？　あんな有名な方なのよ？」

有名……なのか。キャルは冒険者として王都にいたこともあるが、さっぱり知らなかった。

きょとんとした表情のキャルを、ソファーに座るリリーが眉間にしわを寄せて見上げる。

「……あなたは知らなかったのね。一般常識にうとそうな気がするわ」

ランク上げの時にも言われたことがある。なぜだ。

「そんなつもりは、ないのですが」

そんなに常識がなさそうに見えるのだろうか。

知識はある方だと思っているので、軽くショックだ。

「ぼんやりと好きなことだけしていればよかった……っていう、お嬢ちゃまタイプね」

伯爵令嬢が、庶民に対して言うことか。

まあ、知識が薬草系に偏っていることは確かなので、完全に違うとは言えない。

言葉に詰まるキャルに、リリーはさっきまでの夢見る表情を消して、ニヤリと笑う。

「情報は力よ。私がなんのために面倒な人付き合いをしていると思っているの」

「噂話のためですか!?」

「情報収集のためよ！」

なるほど。情報収集か。言い換えれば噂話だけれど。

「その納得したような顔。失礼なこと考えているような気がするわ」

「気のせいです」

そう否定したけれど、胡散くさそうに見られてしまった。

誰がどの情報をいち早く得るかというのも、貴族間の力関係に影響する。

特に、王城に住むエリートたちの情報を持っている、あるいはいつでも手に入れられるとなれば、周りから一目置かれる存在になれるのだ。

今回、オーレリアンがアルスターク伯爵家を訪れたことも、すぐに噂になるのだろう。

そして、その渦中にはリリーがいる。

彼女はオーレリアンの見た目も気に入ったのだろうが、それ以上に噂の的になれるのが一番の楽しみなのではないだろうか。

「あなたは少し勉強した方がいいわね」

リリーは、そう言って手をひらりと振った。もう今日は上がってもいいということだ。勉強した方がいいなんて、生まれて初めて言われたような気がする。

もやもやが二倍になったまま、キャルは伯爵家を出た。

「キャル。おかえり」

伯爵家の門を出た瞬間に、カイドから声をかけられる。

帰ったと見せかけて待っていてくれたみたいだ。

警備の上着は目立つからだろうか。脱いでカッターシャツ一枚になっている。髪の毛もいつもの感じに戻っていた。

「やあ、やあ、アメンダ嬢！　私の演技はどうだった？　もちろん、素敵すぎて直視できなかったことは分かっているさ！　それは仕方のない話だ」

隣には、やっぱりオーレリアンがいる。

叶うならば、猫を被った紳士のままでいてほしかった。

「キャル？」

キャルの表情を見てカイドが首を傾げる。

待っていてくれて嬉しいけれど、胸のつかえが下りない。

「どうしたんだい？　アメンダ嬢？」

オーレリアンさえ、キャルの様子がおかしいことに気付いたようだ。

駄目だ。今、二人はキャルのために動いてくれている。こんな表情を見せていい時ではない。

だから大きく深呼吸して、首を横に振る。

「別に、なんでもありません。仕事終わりは、いつもこんなものです」

キャルの返事に、オーレリアンはなるほどといったように頷く。

「そうか、人に使われるというのはストレスが溜まるものなのだな。私にはそんな経験は全くないが、この世界で私に分からないことはないから、そういう時の疲れがどんなものであるかは分かっている！」

はっはっはと無駄に胸を張る暇があるなら、帰ってくれないだろうか。

オーレリアンは騙せても、さすがにカイドは騙せない。何も言わないが、心配そうにキャルを見つめながら、オーレリアンに言った。

「おい、もう帰るから、お前も帰れよ。邪魔だ」

「なんだって？　僕が邪魔？　そんなことがあろうはずはないが、まあいい。また会う日まで、君の涙を止める方法を考えておくよ！」

……意味が分からない。しかし、帰ってくれるようなので放っておこう。

「派手な帰り方をするなよ。俺たちまで目立つ」

「なんだって？　まさか僕に歩いて帰れと言う気なのかい？　ああっ、それはできない。僕の美学に反する……」

まだ何かしゃべっていたが、カイドに促されて、キャルは歩き出した。

多分、キャルたちが遠く離れてから気が付くのだろう。魔法使いのくせに残念すぎる。

「――で？」

歩き始めて少し経ってから、カイドが聞いてくる。

キャルはちらりとカイドを見上げて、また視線を下に戻した。表情を取り繕うことができずに、唇を噛みしめる。

甘えてしまっているのは分かっている。

でも――やっぱりだめだ。言わないでおくなんてできない。

「私は、聞いてない」

思った以上に強い口調になってしまった。

驚いたカイドの表情を視界に捉えたけれど、もう止まらない。

「カイドが明日から伯爵邸を警備するなんて聞いてない！」

カイドが足を止めそうになったが、キャルは絶対に立ち止まらなかった。

もやもやは、イライラにもなって、無性に腹が立っていた。

「ああ、昨日オーレリアンと話したばかりだからな。上手くいけばすぐにでも伯爵邸に警備として入り込めるだろうと」

でも、その後、キャルはカイドから聞いていない。

そう叫びたくなるけれど、こんな道の真ん中で大きな声を出すのが嫌で、宿へと足を動かし続けた。カイドも分かっているのか、黙ってついてきてくれる。

宿に戻り、部屋に入ると、カイドもキャルの部屋の方に入ってきた。

キャルはくるりと振り向いてカイドを睨み付ける。

カイドはキャルがなぜ怒っているのか、さっぱり分からないという表情をしていた。

「私だって、調査しているのに」

カイドはようやく納得したように頷いて、キャルに謝る。

「今日、伯爵邸に行くことを内緒にしていたわけじゃない。オーレリアンが今は敵じゃないってことは、キャルにも説明しただろう？　その後、今日のことを言うはずだった。それを俺が忘れていたんだ。悪かった」

本当に、内緒にしていたわけではないようだ。

昨日オーレリアンが協力してくれることを聞いて、それだけで安心してしまったから、彼とカイドが他に何を話したのかは、全く気にならなかった。

「キャルが調査をしているのは分かっている。俺はその補助役だと思ってくれ。キャルの調査を蔑ろにしているわけではない」

カイドを見上げると、彼は眉を下げてため息を吐いた。

「けど、自分が同じことをされたら嫌だろうなと思う。考えが足りなかったよ。伝え忘れていたなら、一日延ばすべきだった」

カイドはきちんと謝ってくれた。

そもそも、彼はキャルのことを心配して伯爵邸に潜入しようと考えたのだ。

侍女という立場ではなく、もっと自由に動ける人間がいれば、集める情報は多くなる。

事前に教えてもらえなかったことは不満だが、何か問題があるわけではない。

カイドが言い忘れたのも、きっとキャルがこんなに怒るとは思っていなかったからだろう。

そうだ――ここまで怒ることじゃない。

キャルは自分を子供のようだと思う。

そんなふうに冷静に捉えられている部分もあるのに、泣きそうだった。

言葉にならないもやもやした感情を呑み込んで、キャルは頷く。

「そっか。うん。分かっ――」

「大丈夫じゃないなら言ってくれ」

無理矢理笑おうとしたところで、カイドに抱き寄せられた。

額が彼の胸に押しつけられて、いつもより少し速くなった鼓動が聞こえる。

そのカイドの鼓動が、不安と心配を伝えてきた。

「俺が伯爵邸にいない方がいいのか？　それならそう言ってほしい。全て呑み込んで笑う顔は見たくない」

彼の腕の中で身動きすると、腕の力がわずかに緩む。

見上げたキャルの顔を、その少しの変化も見逃したくないというように、彼が見下ろしていた。

キャルは迷いながらも、口を開いた。

「あんなふうに髪の毛整えて、オーレリアン様と二人でお嬢様を誘惑しようとしたの？」

「……は？」

カイドが目を丸くする。思ってもみない方向から責められた、という表情をしていた。

やっぱり言わない方がよかったかもと思って、きゅっと唇を嚙みしめるキャル。その表情を見て、カイドは慌てたように眉間にしわを寄せた。

「あ、ああ。あいつに『自分一人で充分だと思うが、保険がいる』とかなんとか言われて、髪の毛をいじられた」

オーレリアンだけでは、彼が美しすぎるせいで敬遠されてしまうかもしれない。だから中の上くらいの容姿のカイドもいた方がいい、と言われたという。

ちなみに、サシャは中の中なので役に立たないと断じられたらしい。

「あの格好は、顔見せの時だけだ。雇い主に良い印象を持ってもらうためだよ。毎日あれはさすがに嫌だ」

カイドが渋い顔をする。

キャルだって、カイドが人前で格好よくすることが、こんなに嫌だなんて思わなかった。

「一度雇ってもらえば、あとは好き勝手やらせてもらう」

その言葉通り、今はいつものカイドになっていた。屋敷の門から出た時点で、すぐさま髪を乱したのだろう。

「あんな格好いい姿で、笑顔を向けられたら、お嬢様はカイドを好きになっていたかもしれないじゃない」

「はあ？」

また、心底不思議だというような表情をされた。

さすがにここまで言えば、カイドも分かるだろうと思っていたのに。

あんなに綺麗な女性に言い寄られたら、カイドがよろめかない保証はない。……しかも、リリーは性格も面白くて可愛い。我儘だけど、優しいところもたくさんある。

「カイドは、お嬢様を誘惑するつもりなの？」

「いや、するわけがないだろ」

即答した後に、何か思い当たったようで、カイドが「ああ」と小さく声を漏らす。

「お嬢様がこけそうになったのを支えたことを言ってるのか？　あれは仕方がないだろう」

目の前で令嬢がよろけたのだ。支えるのが常識だろう。もし手を差しのべなかった場合、なぜ助けなかったと責められるのはカイドだ。

だから仕方がないと言われれば、確かに仕方がないのだ。――支えたところまでは。

カイドの顔をちらりと見上げると、彼は首を傾げてキャルを見下ろしていた。

チャラ男モードの時は、甘いセリフも簡単に言えてしまうのかもしれない。だから、あんなセリフを自分が吐いたなんて、意識してさえないのだろう。

あんなこと、キャルには言わないくせに。

「とにかく、屋敷に入り込めたら、あとはどうとでもなる。それに、警備の人間とお嬢様が会うことなんて、ほぼないだろ」

キャルは、カイドの表情を観察する。

馬鹿みたいだと思いながらも、一応、心音も探って、カイドが嘘を吐いていないことを確認した。

キャルは項垂れて謝る。

「ごめん。少し……嫌だった」

本当は少しじゃないけど。イライラするくらい嫌だったけど。

「何が」

「カイドが……お嬢様の手を取るのが」

本当はそれだけじゃない。だけど、言えるわけがないのだ。

だから、キャルは視線をそらしながら答えた。

「なんで？」

カイドはどういうつもりでそんなことを聞いてくるのだろう。そんなの、分からない方がおかしい。

どう言うべきか悩みながら見上げると、カイドはにやにやと笑っていた。

……絶対に分かっている。

「なんとなく！」

悔し紛れにキャルは叫ぶ。

「なんとなく？　なんとなくはおかしいだろ」

「よく分からない！　なんとなくって言ったらなんとなくなのっ！」

「そうか」

押し殺したような笑い声を出しながら、カイドがキャルの手を握る。

リリーにしたようなスマートなやり方ではなく、ぎゅっと手を繋いだ。

他の女の子を口説くためにおしゃれをしたカイドが、すごく嫌だったなんて、本人に直接言えるわけがない。

彼が、その声で彼女に話しかけて、その手で彼女の手に触れることさえ嫌だなんて。

嫉妬深いにもほどがある。

キャルはカイドの手を放して、彼に抱き付く。

カイドも嬉しそうにキャルを抱きしめ返してくれる。

もう一度「ごめん」と謝ると、

「嬉しいからいい」

カイドのご機嫌な声が聞こえた。

第二章　真相

1

宿の食堂で夕飯を食べたあと、カイドの部屋で話をすることになった。

部屋に一つだけある小さな椅子にはキャルが座り、カイドはテーブルを挟んだ向こう側の壁に寄りかかっている。

「今日の伯爵の話から、なんとなく察しているんだろう？」

さっきからかわれたせいで少々ふてくされているキャルに、カイドは態度を改め真面目に聞く。

キャルはどういう反応をしていいか分からないまま、小さく頷いた。

「二十年前に追い出された令嬢は、恐らく、キャルの母親だ」

母が、伯爵家の娘。

多くの人から素晴らしい人だったと讃えられる一方で、伯爵からは悪女や泥棒と非難される女性が、キャルの母？

母の幼い頃の話は、全く聞いたことがない。キャルも幼かったから、あまり深く考えてはいなかったが。

もしカイドの言う通りだったら、父とは、どこで知り合ったのだろう。

キャルが小さい時は王都で暮らしていたから、なんとなく、二人とも王都出身だと思っていた。

「キャル。初日に、俺が一人で薬屋のばあさんに会いに行ったことを覚えているか？」

キャルが服を買っていた時の話だろう。

頷くキャルに、カイドが「ごめん」と小さく謝る。今まで黙っていたが、薬屋で令嬢にまつわる様々なことを聞いていたのだという。

あの後、特に報告もなかったので、大した話は聞けなかったのだろうとキャルは思っていた。

「あのお茶屋の娘の話を聞いた時点で、キャルの母親が件の令嬢じゃないかと思ったんだ」

なんと、あの話だけで、もうそんな予想を立てていたのか。

キャルは、ただただリリーに同情するばかりだったのに。

「しかし、はっきりしない情報を聞かせるのは悪いと思って、薬屋には俺一人で行くことにした」

キャル一人で買い物をさせたのには、そんな理由があったのか。

「だが、今日の話でほぼ確定した。だから薬屋のばあさんに聞いた話をしよう」

カイドの言葉に、キャルは大きく頷いた。

「──と思ったけど、あの話を俺がするのは無理だから、また薬屋に行こうか」

そう言われて、椅子からずり落ちそうになる。

せっかく真面目な顔をしていたというのに。カイドの微妙な残念さは健在だ。

明日は仕事だから、今日のうちに聞いておきたい。夕食後という遅い時間ではあるが、キャルとカイドは薬屋に向かった。

薬屋は、市場の入り口付近にある古ぼけた建物だ。

玄関ドアの横に小さな窓があって、そこからは優しいオレンジの光が漏れている。

もう就寝の準備をしているようなら、明日の仕事終わりにまた来ようと思いながら、キャルは薬屋のドアをノックした。

ゆっくりとした声で返事があって、キャルはよく聞こえるように大きめの声を出す。

「夜分遅くにすみません。あの、私……キャル・アメンダと申します。少しお話を伺えないでしょうか」

「あらっ」

驚いた声と共に、がちゃんと鍵の外れる音がする。

「ごめんなさい。外から開けてもらえるかしら。どうにも、ドアの開閉は疲れるのよ」

思ったよりもはきはきとした声に、恐縮しつつドアを開けると、そこには車椅子に座ったおばあさんがいた。

「どうぞ。狭いけれど、入ってちょうだい」

薬屋のおばあさんは、遅い時間の訪問にもかかわらず、嬉しそうに招き入れてくれる。

「この間、そこの彼が話を聞きに来た後、もしかしたらエリーか……彼女に近しい人が来てくれるかもしれないと思っていたわ」

そう言って、小さな薬屋のおばあさんは目を細めて微笑んだ。キャルたちに椅子を勧めてから、テーブルの上に準備されていた茶器に手を伸ばす。

キャルは慌てて立ち上がって、おばあさんの手から茶器を受け取り、代わりにお茶の準備をする。

そんなキャルをどこか懐かしそうに見ながら、おばあさんは昔話を始めた。

「私はシンシア・パーハッソン。エリーは、彼女がまだ十歳の時から、この薬屋の手伝いをしてくれていたの」

元いた令嬢の名前はエリー。

シンシアの話によれば、幼い頃エリーには親がなく、姓も持っていなかったという。エリーの母は、彼女を産んですぐに亡くなり、エリーは孤児院に預けられたのだ。

この街の孤児院は設備がしっかりと整っており、エリーも裕福ではないものの、幸せに育てられた。

母はもちろん、父のことも知らない。だから寂しさなんて感じる方が難しい。両親がいないからと言って、卑屈になることもない。

気立てが良く、いつも明るくて、周りに笑顔が絶えない子だったという。

エリーは働ける歳になると、この薬屋で働くようになった。働くと言ったって、エリーには知識がないから調剤は無理だ。

街のあちこちに行って薬草を集めてきては、足の悪いシンシアに渡していた。

薬草を採集してくるだけでなく、家事なども手伝ってくれて随分助かったのだと、シンシアは微笑んだ。

そして、この薬屋で、サタル・アメンダと出会うことになる。

当時サタルは二十九歳。対してエリーは十歳だった。

サタルは王都の医術士局に勤める有望な若者で、海沿いに自生する貴重な植物を調べに来ていた。

その際、この薬屋に立ち寄り、地元の様々な薬草について聞きたいと言ってきたのだという。

「薬草が実際に生えているところを見たい」

そう言う彼を、エリーは胡散くさそうに見た。

「私の仕事を取る気？　それとも、薬草を根こそぎ持っていく気？」

十歳の少女に腕組みをして立ちはだかられ、サタルは目を瞬いた。

「ええと、そのどちらでもないよ。研究のために、少しは採りたいけれど」

「じゃあ、私の言うことを聞く？」

シンシアから、エリーの薬草を見つける能力のことを聞いていたサタルは、にっこりと微笑んだ。ここでエリーの協力を得られるのは、彼にとって非常に助かることだった。

「もちろん。ここでは、君の方が先生だからね」

気を良くしたエリーは自慢げに胸を張って笑う。

「だったら、案内してあげるわ！」

それからというもの、サタルは王都から訪れるたびに、エリーと二人で薬草採集を行っていたという。

シンシアから見ても、二人はとても仲が良く、兄妹のような関係だったそうだ。

それが壊れてしまうのは、エリーが十二歳の時。

エリーの父親が誰だか分かったのだ。

父親の名前は、イードン・アルスターク。先代のアルスターク伯爵だった。

それを知ったエリーは悩んでいた。今の生活は好きだけど、父親とも一緒に暮らしたいと、シンシアに相談に来たこともあるらしい。

寂しいけれどエリーのことを考えたら父親と暮らした方がいいと、シンシアは勧めた。

孤児として今後も貧しい生活を送るより、伯爵令嬢になった方がどれだけ幸せだろう。

シンシアは、本当にエリーのためを考えて言ったのだ。

そうして、エリーは伯爵家へ行ってしまった。

サタルには自分の口から伝えたいと言っていたけれど、元々サタルはここの人間ではない。すぐに伝えられるような方法はなかった。エリーから彼への伝言を頼まれ、シンシアはそれに頷いた。

それから五年もの長い間、エリーに全く会えないなんて、思ってもみなかったという。

シンシアは、少し涙をにじませていた。

「いつでも会えると思っていたのよ。だって、屋敷はすぐそこなんですもの。毎日は無理でも、時々は会いに来てくれると思っていたの」

そう言って自嘲気味に笑う。

そして半年後くらいに訪れたサタルに、エリーが行ってしまったことを伝えたそうだ。

彼は驚いた後、ひどく寂しそうな顔をしたらしい。

「そうか……そうですね。その方が、よかったのかもしれない」

サタルは自分に言い聞かせるように、何度も頷いていたという。

この時、ふとシンシアは思った。サタルとエリーは、もしかして兄妹などではなく、男女として惹かれ合っていたのではないだろうかと。

それほどサタルは寂しそうだったし、エリーも薬屋を去る時、サタルのことばかり気にしていたのだ。

ただ、エリーはその時まだ十二歳。対してサタルは三十一歳。

もしお互いを好ましく思っていたとしても、サタルがそれを口に出すことは絶対にならなかっただろう。

自分は間違っていたのだろうか。シンシアはそう幾度も自問したという。

そして五年後、エリーがシンシアに助けを求めにやってきた。

久しぶりにエリーを見たシンシアは、彼女に伯爵令嬢としての道を勧めたことを悔いた。

ドレスはもちろん、その肌も爪も仕草の一つ一つも、とても美しい。けれどエリーはとても慌てているにもかかわらず、その表情はどこか冷めていた。

あんなによく笑う子だったのに、そして嫌な時は怒って泣いていたというのに、感情を表に出せなくなっていた。きっと、貴族としては合格点なのだろう。

しかし、シンシアはエリーが伯爵邸に行った時よりも、もっと寂しい気持ちになった。

その時、偶然にもサタルが訪ねてきていた。

彼は医術士局長になったのだと、嬉しそうに話したのだ。

それを聞いたエリーは、目に涙をいっぱい溜めて、「助けて」とすがり付いた。

彼女を抱きとめるサタルの腕には、愛がこもっているように見えたという。エリーの方も、彼には素直な感情を見せられるようだった。

走ってきたのか髪もドレスも乱れたまま、病に倒れた伯爵を助けてほしいと必死に訴えたそうだ。もう、屋敷の他の人間は信用できないのだと言って。

お抱えの医術士さえも信用できないなんて、一体どんな場所なのだ。

そんな場所で、エリーは五年間も一人で戦い続けてきたのか。

「父を助けて」

エリーは言った。聞けば、伯爵はすでに死を覚悟し、エリーに大事な書物を譲ってくれたのだという。

ただの薬屋でしかない上に、足が悪いシンシアには何もできない。たとえ伯爵が目の前にいたとしても、薬を処方することはできなかった。

伯爵ともなれば、権威ある医術士が専属でついているはずだ。シンシアが調剤した薬を勝手に処方することなど許されないだろう。

だがサタルなら可能だ。彼は自身の権力を使い、医術士局長として伯爵家を訪問した。普段、決して利用しない権力を使わせてしまったことに、エリーはひどく罪悪感を覚えたようだが、それでも父を助けてほしかったのだろう。

サタルの診察と治療により、伯爵は少しだけ回復したという。しかし、長年の不摂生と加齢が重なり、ほどなく亡くなってしまったそうだ。

その後どうなったのかは、シンシアにもよく分からないらしい。

伯爵家は元々の予定通り、息子のマルクが跡を継いだ。そして伯爵令嬢が姿を消したという噂だけがシンシアの耳に届いた。

エリーとサタルが、シンシアのもとを訪れることはなかった。しかし、シンシアはこのまま二人に会えなくなったとしても、二人が幸せになってくれたらいいと願った。

エリーが伯爵家の貴重な書物を持って逃げたと聞いても、知らぬふりを決め込んだ。「おお怖い」と言って、周りに話を合わせるようなこともした。

二人がシンシアのもとを訪れなかったのは、シンシアを巻き込みたくないからだろう。その気持ちを台無しにすることはできなかった。

ただ一度だけ、二人からだと断定はできないけれど、一枚の紙切れが薬屋のポストに入っていたことがある。

『ありがとう。ごめんなさい。私たちは幸せです』

たったそれだけが書かれた、名前も何もない手紙。筆跡だって二人のものとは違ったけれど、シンシアは二人からだと思いたかった。

やがてほとぼりが冷め、サタルとエリーがそろってここを訪れてくれる日を待つ。その日まで、シンシアはこの場所で薬屋を続けていくことを誓っていた。

「それが……今日なのね。ずっと待っていたわ」

シンシアはキャルを見て、涙のこぼれそうな瞳を細めて笑う。

「私は……」

キャルは、その後の言葉を続けることができなかった。

自分は、エリーではない。そんな過去を持つ女性のことは知らない。キャルには、エリーについてシンシアと語れるような思い出がない。

「あら、困らせてしまったわね。ごめんなさい。あなたにエリーの代わりになってほしいわけではないの。エリーが幸せになったという証拠を、この目で見る日を待っていたという意味よ」

そう言って笑うシンシアは、とても嬉しそうだった。

「ここは噂（うわさ）が集まる場所なの。アルスターク伯爵家から盗まれた書物が見つかったと聞いた時、きっと来ると思っていたわ」

シンシアはいたずらっ子のように笑う。

キャルが名乗った時、すぐにエリーの子供だと分かったのだという。

「顔立ちは……サタルの方に似ているかしらね？　でも、髪や目の色はエリーの色だわ」

キャルは初めて父と母のなれそめを知った。

そういえば、父と母の若い頃の話を聞いたことがなかった。父と話すのは薬草のことがほとんどだったし、母は本をよく読んでくれたが、それだけだった。

キャルの記憶にある母は、体が弱く、少し動けるようになったらすぐに動いて、またベッドに逆戻りするような人だった。

「私が知っていることは、これだけよ。もう少し昔話をしたいところだけど……」

そう言って、シンシアが時計に視線を走らせる。

もう随分と遅い時間だった。

きっと明日も店を開けるだろう。本当ならば、もう寝ている時間なのかもしれない。

ようやくそれに気が付いて、キャルは頭を下げる。

「遅い時間にすみません。お話をありがとうございます」

シンシアは軽く首を横に振って、申し訳なさそうに言う。

「ごめんなさいね。年を取ると、体力がなくなってしまって。また来てくださると嬉しいわ」

シンシアに言われて、キャルはしっかりと頷いた。

また、二人の話を聞きたい。

二人がどうやってお互いのことを想い合っていったのか。それを知りたかった。

「また来ます」

キャルの言葉に、シンシアは目を細めて微笑んだ。

後ろを振り返ると、カイドがシンシアに会釈をしてドアを開けてくれる。

最後にもう一度挨拶をしてから、キャルは薬屋を出た。

外はもう真っ暗だ。昼間は市場がにぎやかだった街並みは、夜の姿に変わっていた。

「アメンダ元医術士局長は、あちこちを旅して回るのが好きな方だったと聞いている」

カイドが納得したように息を吐く。

「それで、この街にも来たんだろうな」

父が旅をして回るのが好きだったかと聞かれれば、そうではなかったと思う。

少なくともキャルが生まれてからコロンに移住するまでは、王都を出たことがなかった。

コロンでも、薬草を摘みに山に入ったりはしていたが、旅と言えるような長距離の移動はしたことがない。

それも病弱な母……エリーを気遣ってのことだったのだろうか。

「カイドは、今日の話を全部知ってたの？」

キャルがカイドを見上げると、彼は首を傾げる。

「いや。アメンダ元医術士局長が、この街から妻になる女性を連れて帰ったという話は聞いたが、あんなに詳しい話は初めて聞いた」

「……そっか」

シンシアは、誰にでも話すわけではないのだろう。きっと、相手がキャルだから話してくれたのだ。

何せ、伯爵家が盗難品として届け出ている書物が、本当はエリーが前伯爵から正式に譲り受けたものだったなんて。他人に聞かれてしまえば、シンシアが危険な立場になるかもしれない。

黙って宿までの道を歩きながら、キャルはさっき聞いた話をもう一度思い出していた。

母は、かつて伯爵令嬢だった人。

もしも伯爵令嬢のまま父と結婚して、キャルを産んでいたら……？　今のキャルはどんな立場だったのだろう。

なんとなく、隣を歩くカイドを見上げた。

キャルの視線に気付いたカイドが、微笑んで首を傾げる。

その笑顔を見たら、そんな『もしも』の話なんてどうでもいいかと、キャルは安心した。

普段は恥ずかしがってなかなかしないのだけれど、夜だし、あまり人通りもないし……と理由をつけて、カイドの手を握る。

カイドは少し驚いたような顔をしたが、すぐに嬉しそうに笑って握り返してくれた。

2

翌日。

キャルは出勤の準備をして、背後のカイドを振り返る。

「一緒には行かないからね」

「なぜだ」

カイドはキャルと一緒に通勤するつもりで、彼女の後ろに立っていた。

「当たり前でしょ。なんで初日から仲良く一緒に通勤するのよ」

「一緒の場所に行くからだろう」

なぜ分からないのかとでも言いたげな顔だ。

キャルは眉間(みけん)にしわを寄せて、カイドの胸を手で押す。

この程度の力で動くはずはないのだが、基本的にカイドは抵抗せず、キャルの押すままに動いてくれる。

「だーめ。知り合いだってことは隠すんだから……」

「知り合いじゃなくて恋人だ」

……そこは、今こだわるところではない。

しかし、カイドが『恋人』と言うたびに、キャルはほんのり顔をほてらせてしまう。

それを隠すように、わざと大きな声で言った。

「とにかく！　カイドと私の関係は内緒なの！　カイドは後から来て！」

カイドの返事を聞く前に、急いで部屋を出る。

もしかしたら、カイドが先回りして、偶然を装い声をかけてくるかもしれない。だからいつもより早足で歩くと、早く着いてしまった。

「あら。今日は早いわね」

勝手口から中に入った途端、朝食の片付けをしていた他の侍女から声をかけられる。

急いだせいで上がった息を整えながら、キャルは曖昧に笑った。

カイドが追っかけてくるかもしれないから、なんて言えるわけがない。

しかし、相手は分かっているとばかりに頷く。

「警備の彼が入ったからでしょ？」

「えっ？」

なぜ知ってるの!?

思わず声が出そうになって、慌てて口を閉じた。

「残念でした。まだ来てないわよ。あなたの他にも、いつもより早く来て、彼が出勤してくるのを待っている子がいるけど」

「え……あ、そうなの」

拍子抜けするキャルの前を、侍女は笑いながらワゴンを押して通り過ぎていった。

——ものすごくびっくりした。

キャルが早く来たのは、まさしくカイドのせいだが、事情を知られているのかと思ったのだ。

しかも、カイドのことを待っている子がいるって……。ちょっと、もやっとしてしまう。

いや、違う。今はそんなことを気にして嫉妬している場合ではない。

昨日シンシアに話を聞いて、はっきりしたことがある。

エリーは、書物を盗んではいない。あれは、元々エリーのものだ。前伯爵から正式に譲り受けたもの。

その証拠を見つけなければいけない。

しかし、前伯爵が何か書き残していたとしても、それは破棄されているだろう。

他に証拠なんてあるのか。

そう不安に思うキャルに、昨夜、カイドが少し呆れ気味に教えてくれた。

『遺書を不正に破棄すれば、それは国に知られることになる』と。

身分の高い、もしくは財産のある人物は、必ず遺書を書く。自分の死後に争いが起きないよう、事細かに記すらしい。

誰かから身分を継ぐ時や、財産が一定の額を超えた時、国から遺書を書くように通達がくるそうなのだ。

実を言うと、カイドもSランクになった時に遺書を作成したという。

そして遺書として作成した文書は、本人以外が改変を加えたり、破棄したりしようとすれば、筆頭魔法使いを通じて国に分かるようになっている。

前アルスターク伯爵の死後、そのようなことが起きたというのは、カイドも聞いたことがない。

と、いうことは、遺書はまだ存在する。

それには、エリーに書物を譲ったことも明記されているだろう。

彼女が持っていた書物はどれも非常に貴重なもので、売却すれば、結構なお金になることが予想される。

だからこそ、アルスターク伯爵家は、その書物を取り返そうとしているのだ。

遺書にどんなふうに記されているのかは分からないが、正式な相続人が持ち去ったものに対して盗難届を出したとすれば、それは犯罪だ。

遺書を作ることは義務付けられているけれど、それは遺族だけが確認すればよく、公開する義務はない。財産の中に何がどれくらいあるかなど、他人に知らせる必要がないからだ。

しかし、普通ならば代理人が遺書の中身を確認し、その通りに財産分与が行われているかどうかをチェックするはずだ。

前伯爵イードンの代理人が誰になっているかは、カイドが調べてくれるという。

そしてキャルは、遺書が保管されている場所を突き止めることになった。

お茶の準備をしてリリーの部屋へ向かう。

ノックをすると、いつも通りの声が聞こえて、キャルはゆっくりとドアを開けた。

「おはようございます」

にっこりと笑って部屋に入る。

いつもより早くお茶の準備を始めても、リリーは何も言わない。

まあ、特に話しかけてこないのは毎回のことなので、キャルは気にせずお茶を淹れて、彼女の前に置いた。

リリーは、目の前に置かれたお茶に手を伸ばしつつも、何か考え込んでいるようだ。ぼんやりと虚空を見つめていたが、ふと、キャルに目を向ける。

「キャル、あなたの姓はなんだったかしら?」

突然話しかけられて、キャルは目を瞬く。

「え? 私は——コロンです」

危ない。姓なんて聞かれることはないと思っていたので、本当の姓を言うところだった。馴染みのある言葉にしておいてよかったと心底思う。

「……そう」

リリーはまた眉間にしわを寄せて考え込む。

何を考えているのだろう。どきどきして嫌な予感があふれてくる。

この後、部屋の掃除をして、茶器を片付けて、昼食の準備をして……と、やることはまだある。でも、なんとなくこのままリリーの傍にはいられないと思い、そうっと部屋を出ようとした。

その背中に、リリーの声がかかる。

「アメンダという女を知っている?」

正面から向き合っていなくてよかった。今、キャルの頬はひきつっているはずだ。

キャルはできるだけ自然に見えるように、ゆっくりと振り返った。

「……いいえ？　私の周りには、そのような姓の方はいらっしゃいません」

にっこりと上手く笑えたはずだ。

はず……なのに、リリーの視線は真っ直ぐにキャルを捉え続ける。

何があったというのだろう。

昨日までは、こんな目で見られることはなかった。我知らず、キャルの喉が上下に動く。

オーレリアンとカイドの前でも、キャルは平静を装っていたはずだ。もし明らかに動揺していたとしても、キャルはリリーの背後にいた。表情を見られてはいないし、あの時リリーはオーレリアンに見惚れていた。

「……そう？」

リリーはおもむろに立ち上がって、そのままゆっくりと窓に近づく。

キャルはどうしていいか分からず、その場に立ち尽くした。

リリーが窓の外を見ると、ちょうどそこをカイドが歩いていくところだった。キャルの位置からは見えないが、確かに気配を感じる。いつの間にか屋敷に到着して、任に就っていていたようだ。

リリーはカイドが窓の外を通り過ぎるまで見送ってから、キャルを振り返った。

「彼は、侍女の間で人気のようね」

「はあ、そのようですね」

カイド目当てに早く出勤する侍女がいるほどだ。どれくらいの人数かは分からないが、人気があるのは確かだろう。

リリーはキャルの近くまで移動し、また窓の方に向き直る。

何を言いたいのか分からない。

キャルが内心首を傾げていると、リリーがこちらに視線を向けた。

「ここから『彼』が見えたの？　どうして誰のことか分かったの？」

「――っ！」

キャルは『探索（サーチ）』を常に発動しているので、周りの気配は把握している。

それが当たり前になっており、カイドの姿が見えなくても、そこにいることが分かってしまったのだ。

一瞬、言葉に詰まってしまったが、取り繕（つくろ）うように笑みを浮かべて弁解する。

「侍女に人気がある『彼』といえば、昨日雇（やと）われたという警備の方（かた）しかいませんので、そうだろうなと思ってお返事をしました」

我ながら、拙(つたな)い言い訳だ。

だけど一応、理由は説明できたはずだ。

「……そう」

リリーは急に興味が失せたように、またソファーに座ってお茶を口に運ぶ。そして、棒のようにただ突っ立っているキャルを見上げて微笑んだ。

じわりと、背中に冷たい汗がにじむのが分かる。

これは……

「キャル。あなた、シャルパンティ様とお知り合いなの？」

……もしやバレている？

「いいえ」

キャルはすぐに否定した。

震えそうになった手を握り合わせて、どうにか震えを止める。

「そうなの」

キャルの返事が気に入らないというように、リリーが目を細めた。

その時、ノックの音が鳴り響く。

キャルはびくりと体を震わせ、反射的にドアに向かって返事をした。

「失礼します。本日のご予定を確認しに参りました」

ドアを自分で開けて、執事のリコが入ってくる。

「……どうかなさいましたか？」

妙な雰囲気を感じ取ったのか、怪訝そうに聞いてくる。しかし、それに答えられる余裕は今のキャルにはない。さっとドアまで駆け寄り、一礼して部屋から出た。

はしたないと思ったのか、リコが咎めるような視線を向けてきたが、それも無視して早足でその場を離れた。

どうしてバレたのだろう。

キャルに尾行をつけることは、まず無理だ。自分についてくる人の気配があれば確実に気が付く。

カイドとオーレリアンだって同じだ。いや、彼らを尾行するのはさらに難しいだろう。

――何より、尾行される理由が思い当たらない。

どこかの時点で疑われた？　いつから？　どうして？

疑問が次々に浮かぶが、どれ一つとっても答えが出てこない。

そのまま早足で歩いて、キャルは中庭に辿り着いた。

初日にも来た殺風景な庭だ。花壇には何も植えられていないが、雑草はどこにでも生える。キャルはそんな雑草を見ると少し落ち着く。

雑多に生えた草の中にハーブを見つけたり、ちょっとしたお役立ち植物を採ったりしていると、心が凪いでくるのだ。

リリーは、キャルの姓がアメンダであることを知っている。どうしてか分からないけれど、オーレリアンと知り合いであることも知っているようだ。

あの話し方は、鎌をかけているというより、キャルを追い込もうとしていた。確信を得た上で話をしていたと思う。

頭を冷やすために深呼吸すると、柔らかな草の香りが胸いっぱいに広がる。

慌てて逃げてきたのは、少々失敗だった。パニック状態になって、言い訳もせずに出てきてしまった。

今まさにリリーが、リコに訴えていたら？　キャルが、エリーの娘であると……

どうにかして口止めするべきだった。ようやく、この屋敷での明確な目的ができたのだ。このまま出ていきたくはない。

キャルはぐっと手を握りしめる。そして目を閉じて、ゆっくりと考える。

別に伯爵家が憎くて潰したいと考えているわけではない。

母がつらい境遇に置かれていたとは聞いたが、自分で見たわけでも母に聞いたわけでもないのだから、復讐なんて気持ちはさっぱり浮かんでこない。

ただ、あの書物の正式な所有者がエリーであると認めてほしい。それだけだ。

真実が公になれば伯爵家が没落するというならば、最悪、公にしなくても構わない。

あの本はエリーのもので、今はキャルが受け継いでいる。それを理解して盗難届を取り下げてもらえれば、それでいい。

つまりリリーにとって、キャルは敵ではないはずだ。

ただ、盗難届を取り下げてもらうための交換条件が必要だった。

キャルは必死に考える。

一心不乱に考えながら、同時に手も動かしていたらしい。

「……こんなところで、庭師の仕事ですか？」

背後から呆れた声をかけられ、キャルは慌てて立ち上がる。

振り返ると、リコが書類を小脇に抱えながら、こちらに歩いてきていた。

庭師？　と不思議に思って周りを見れば、花壇に生えた草がハーブだけを残して取り去られ、すっきりと綺麗な状態になっていた。

無意識に花壇の手入れをしてしまったようだ。

「庭師を雇った覚えはないのですが、まあまあ綺麗にはなっていますね」

「はあ、ありがとうございます」

お礼を言うと睨まれたので、褒められたわけではないらしい。

「お嬢様の部屋の清掃には他の者を向かわせました。本日は大きな商隊が来るので、お嬢様はそちらに挨拶に向かわれます。粗相があってはいけませんから、アナに行かせることにしました。あなたは……そうですね、そのまま中庭を掃除していてください」

アナはキャルよりベテランの侍女だ。彼女に代わってもらうのはいいが、キャルが粗相するのは決定事項なのか。

しかもキャルが返事をする前に、リコは颯爽と歩いていってしまった。

中庭の掃除か。別にその方が好きだからいいけど。

そう思いながら、リコの背中を眺める。

特にキャルを不審に思っている様子はない。リリーから聞いていないのだろう。もしも彼女から話を聞いたとすれば、キャルを野放しにしておくなどありえない。

リリーは、まだ人に言う気はないらしい。

だったら、交渉の余地はあるということだ。

――よし。

キャルは気合いを入れた。カイドとも仕事が終われば会えるので、リリーにバレたことを話して、どうやって交渉したらいいか相談できる。

とりあえず、今はこの中庭を綺麗にしようと、腕まくりをした。


次の日、キャルはどんよりした顔で出勤した。

中庭は綺麗になった。そのことに大満足して宿に帰ったのだが、いいアイデアが全く浮かばなかったのだ。

それもこれも、役に立たないカイドが悪い。

キャルだっていいアイデアが出せなかったのだから同罪なのだが、彼女の中ではカイドだけが悪者になっていた。

だって、リリーにバレているかもしれないと話して、一番最初に出てきた言葉が——

『力ずくで口封じするか？』

だったのだ。

するわけがない。なぜいきなり暴力に走る。

『じゃあ、脅（おど）すか』

暴力に限らずいろんな脅迫方法があるのだと、余計な知識を入れられた。

だから、女の子を怖がらせるのは駄目だって。

絶対駄目だと言うキャルを見下ろして、少し思案したかと思ったら……

『じゃあ、オーレリアンに色仕掛けをしてもらおう』

——駄目だ。

キャルとカイドだけではいい考えなど浮かばないことが分かった。

あのオーレリアンに色仕掛けなんてやらせて、成功するとでも思っているのか。絶対に面倒なことになって結局力で脅すに違いない。もっとこう、役に立つような人材はいないのか……

そんなこんなで、今日どういうふうにリリーに話すのかを全く決めていない。

どうしようと思い悩んでいると、お茶を載せたワゴンを押しながら、侍女のアナが通りかかる。

「あら。今日は昨日と違ってゆっくりなのね」

今日はカイドの方が早番だということで、キャルは後から出たのだ。

「あ、ごめんなさい。私がします！」

お茶の準備はキャルがしなければいけないのに、彼女にさせてしまっていた。

リリーの衣装も髪もアナがやってくれるのが当たり前になっていて、本当に申し訳ない。

昨日も部屋の掃除をサボった形になってしまったし、身支度の仕事もできないのだ。これ以上迷惑をかけるわけにはいかない。

「気にしなくていいのに。でも、ありがとう。お嬢様、昨日から機嫌が悪いのよ」

自分の仕事をすると言っただけで、笑顔でお礼を言われてしまった。

「昨日は、お嬢様の付き添いまで……すみません。私が何もできないから」

本当に情けない。商隊のところへもキャルが行くはずだったのだ。

「ふふ。いろんな品を見ることができて楽しかったわ。あなたが見たって、多分興味がないものばかり並んでいたわよ」

「そうですか？　よかった。そう言ってもらえると気が楽になります」

綺麗な人に微笑んでもらうと心が安らぐなあ、と思いながら返事をする。

そんなキャルを、アナは少し驚いたように見てから、もう一度微笑んだ。

「私と話してよかったなんて言うのは、あなたくらいだわ。どうも私は口が悪いみたいで、思ったことを素直に言うと、相手が怒ってしまうことが多いのよね」

「アナさんの口が悪い、ですか……？　へえ。そういうふうにとられることもあるんですねえ」

「そうなのよねえ。お嬢様にもよく怒られるわ」

「お嬢様が怒るのはいつものことです」

それはそうだと二人で頷き合って笑う。

「そうそう。昨日も、商隊に挨拶に行ったついでにね、買い物することになったんだけど……」

アナは基本、おしゃべりが好きな子だ。

だが他の子が、アナは嫌味を間に挟んでくるから嫌だと言っているのを聞いたことがある。

キャルは言われたことがないからよく分からない、と正直に言えば、『話すたびに言われているじゃない!』と驚かれてしまった。

うん、まあ、気が付かないものは仕方がない。

「とてもたくさんの商品が並んでてね、お嬢様も楽しそうだったのよ。だから、こういう高そうなものって、お嬢様はいかにも好きそうですよねって言ったの」

「あ、それは私にも分かります。お嬢様がなんで怒ったのか」

キャルはクイズに答えるように手をあげる。

すると、アナは口をとがらせた。

「私にだって分かったわ。……お嬢様が私を睨み付けた後にね」

それでは遅い。しかし、そんな失言ならキャルもしてしまいそうなので、なんとも言えない。

「その後は散々よ。機嫌とろうと思って口にした言葉も、全部お嬢様の癇に障るらしくて」

アナが軽く肩をすくめる。

どれにどんな理由で怒っているのか分からないのだから、手の打ちようがない。リリーはそんなことでなぜ怒る？　と思うようなところで怒るのだ。

だから、キャルは大抵放置していたりするのだが、アナは違うらしい。

とにかく、いろいろな言葉で機嫌をとろうとしたそうだ。

「全部だめだったのよ」

アナが大きなため息を吐く。

キャルだってため息くらい吐きたい。リリーの血管が切れそうになっている姿がまざまざと浮かぶ。

今日は、ほぼリリーに付きっきりになる予定だ。

ただでさえ顔を合わせるのが憂鬱なのに、さらに憂鬱になりそうだ。

「買い物の最後にね、お嬢様が惚れ薬を見てらしたのよ」

「惚れ薬!?」

今時、惚れ薬なんて売っている商人がいるのか。

「キャルも興味あるの？　意外だわ。お嬢様もすごく興味を持ってらしてね」

一時期、惚れ薬だという薬が出回って、非常に流行ったことがある。もう十年以上前になるが、その原料とされる薬草が乱獲されるという事態になった。父が『根こそぎ採集された』と憤慨していたのを覚えている。

実際はほとんど効能がなく、扱う商人も次第に減っていった。

だが一度乱獲されてしまった植物が、再度同じように数を増やすのには、長い時間がかかる。

しかも、惚れ薬に使用された部分が悪かった。

キャルがこの街に来る時に見つけたトゥリンクルという植物の、根が必要とされたのだ。

地下茎によって増えていく植物だというのに、当時生えていたものは全て掘りつくされたため、同じ場所に再びトゥリンクルが芽吹くことはなかった。

「惚れ薬に頼ろうと思うなんて、どんな男性を狙っているんですか？　って聞いたのよ」

「……聞いたんだ」

そんなことを聞いてしまうアナよりは、キャルの方が失言は少ないに違いない。

キャルだったら別に怒らないけれど、リリーは怒るだろうなと思う。『私が誰を好ましく思っていようと、あなたには関係ないでしょう！』と一喝しそうだ。

「そうなの。また失言してしまったと思って。お嬢様って可愛いじゃない？　あの顔でも落とせない男性って、よっぽど高スペックな人なんだろうと思ったのよ」

アナが、今度は小さくため息を吐く。

「だったら惚れ薬だろうがなんだろうが、やらないよりはやってみた方が可能性が上がりますよね、って言ったの。もう、それ言った途端、『あなたとは買い物しない。もう帰る』って言われて」

リリーとはそのまま会話が途絶えてしまったらしい。しかも、お世話することさえ拒否されてしまっているという。

アナは困り顔だ。どうすればいいのか分からないと悩んでいる。

そんな時だというのに、キャルはあることを思いついてしまった。

「アナさん！　私、先にやらないといけないことを思い出しました。やっぱりお茶出し、無理です」

「え、うそ!?」

キャルが先ほど入ってきたばかりのドアを開けると、アナが慌てたようにワゴンを示す。

「今の話聞いてた⁉　お嬢様、昨日から口きいてくださらないのよ？」

「私が来る前は自分でやる気だったじゃないですか。謝るのは早い方がいいですよ！じゃないと、私がドレス選びしなきゃいけなくなってしまうし」

「ちょっとお！」

不満げな声を背中で聞きながら、キャルは庭に走り出た。

『探索（サーチ）』でカイドの居場所を探る。

もう警備の任務に就（つ）いているから、屋敷の周りにいるはずだ。

思った通り、屋敷の庭にいた。

……いたが、思いっきりサボっていた。

「カイド……」

庭に点在する青い石。その中でもひときわ大きな石を選んで、陰に転がっていた。ちょうど庭木と壁が上手い具合に死角を作り、カイドの姿は見えない。でも気配を探れるキャルには関係なかったので、ひょいと覗（のぞ）き込んで確認する。

カイドは草の上で眠っているようだった。

キャルが近づいていくと、彼は閉じていた目を開け、ニヤリと笑う。

「どうした？　この屋敷では絶対に話しちゃ駄目なのかと思っていた」

上半身を起こし、両腕を広げる。

こんな昼間っから、非常事態でもないのに抱っこされるわけがない。

とりあえずカイドの腕は無視して、自分の用事を済ませることにしよう。

「カイド、トゥリンクル出して」

キャルはカイドの傍（かたわ）らにしゃがんで両手を差し出す。

この街に入る直前で見つけた、低血圧の薬になる植物。製法によっては惚れ薬にもなると、一時期話題になった。そのせいで、絶滅が心配されるほど貴重な植物になったのだ。

家に持ち帰って植えようと思ったのだが、一本は交渉の材料に使わせてもらうことにする。

「トゥリンクル？　この前、土ごと掘り返してたあれか？」

カイドが腕を横に伸ばすと、肘（ひじ）から先が消える。

次にその腕が戻ってきた時には、手の中にトゥリンクルがあった。

「そう。ありがとう」

根の部分は土が落ちないよう白い布でくるんであるが、一応、他の人の目には触れない方がいいだろうと、丸ごと大きな袋の中に入れる。

「何に使うんだ？」

こんなところで薬草が必要になるのかと、カイドがキャルを見上げてくる。

「お嬢様に、薬作ってあげるって言って、交渉しようかと思って」

キャルがそう言っても、カイドは眉を寄せて意味が分からないという表情を浮かべた。彼にはこの薬草のことを『血圧の薬』としか説明していないのだから当然だろう。

しかし、カイドに詳しく教えるつもりはない。

惚れ薬にもなると教えたら、コロンに帰ってからトゥリンクルを栽培し始めた時、あらぬ疑いをかけられそうだ。

「じゃあ、持ち場に戻るね！　カイドもあんまりサボったらだめだよ」

キャルが立ち上がっても、カイドは寝ころんだままキャルにひらりと手を振った。もうしばらくサボっていく気なのだろう。

まあ、警備として雇(やと)われているのだから、何も起きなければそれでいいのだ。賊などが侵入したとしても、カイドならすぐに対処できる。

人に見つからなければいいかと、キャルはそれ以上注意はせずに、リリーの部屋へ向かう。

扉の前に辿(たど)り着くと、アナがまだ部屋に入らず立っていた。

「あ、キャル！」

キャルに気付き、ホッとした顔でワゴンから離れる。

「気にしなくていいとは言ったけど、本来はあなたの仕事でしょ」

ごもっともだ。

「はい。すみません。ここまで運んでいただき、ありがとうございます」

キャルが頭を下げると、アナは笑いながら別の仕事へ向かった。お茶のことばかりに気をとられて、キャルの持っている布袋は目に入らなかったようだ。

キャルはホッとしながら、部屋の扉をノックする。

返事があったので、ワゴンを押しながら入室すると――

「遅いわ。何をしていたの？」

入った途端、怒られた。

リリーが怒るのは仕方がない。朝食後のお茶にしては、随分時間が経っている。

キャルが遅かったのもあるし、アナが入るのを渋ったせいでもある。

「申し訳ありません。少々手間取りまして」

「いつもと同じお茶でしょう!?　なぜ今日に限って手間取るのよ。どうせ、どこかでサボってきたんでしょう」

サボったといえば、サボった。

わざわざカイドを探してトゥリンクルをもらってきたのだ。それは仕事ではないのだから、サボったのと同じだ。

アナはサボったというより、リリーが怖くて部屋に入れなかっただけだが。

「とんでもございません」

「本当、平気な顔して嘘を吐くんだから。もういいわ。早くお茶をちょうだい」

キャルはいつも通り、手早くお茶を淹れて、リリーの前に置いた。

そのまま床に膝をついて、リリーを見上げる。

「何？」

キャルを見るリリーの目は冷たい。いっそ怖いほどだ。

「昨日のお話のことです。私とシャルパンティ様が知り合いだと思われたのは、どうしてですか」

キャルがその話を持ち出すのは想定内だったのだろう。

リリーはふんと小さく鼻を鳴らす。

「あなたとシャルパンティ様と、カイド……といったかしら、警備の男が三人で一緒に話をしていたからよ」

「三人、一緒に？」

この屋敷で、カイドとオーレリアンと話をしたことはない。

あるとすれば、屋敷から出たところでカイドに声をかけられた時だが、周りに誰もいなかったのはキャルの『探索（サーチ）』で確認済みだ。

だったら、どうしてバレた？

あの時、誰かが『探索（サーチ）』に引っかかることなく、キャルたちを見ていたなんて……

「そう。屋敷の外に出たところで、三人でお話ししていたわね」

リリーは、気に入らないと言いたげに目を細める。

執事のリコは、キャルのことを疑っていなかった。ということは、使用人の誰かが目撃していたわけではないだろう。もし使用人が見ていたならば、真っ先にリコに報告したはずだ。リコの耳に入らず、リリーの耳にだけ入るというのはおかしい。

「お嬢様が、直接見られたのですか？」

その問いに、リリーは今日初めて笑顔を見せた。

「そうよ」

このことを最初からキャルに言う気でいたのだろう。ただ、キャルが気付くまで待っていた。そんな感じの態度だった。

「私、遠見の力を使えるのよ。少しだけ魔力があるの」

「遠見……」

　魔力を持つ人は、多くはないが珍しいわけでもない。キャルだって魔力を持っているからこそ『探索』を使えるのだ。

　だが、ほとんどの人は魔力を持っていても、それを知らないまま生活している。冒険者になろうとした時に調べてもらって、初めて気が付く人もいるそうだ。

　キャルは父と母から『探索』を教わったので、それだけを使うことができる。そんなふうに、誰かから魔力のことを教わり、使い方を教わらなければ、魔法を使うことはできないはずだ。

「意外かしら？　父に教わったの。そもそも、私が養女になったのだって、魔力があったからだしね」

　そういえば、どんな理由でリリーを選んだのかまでは気にしていなかった。

　リリーは元々貴族ではない。どこかの名家や親戚筋から迎えられたわけではないのだ。

　そして庶民の中から、美しさだけで選ばれたのでもないらしい。

「ふうん。やっぱり、私が養女っていうことも知っているのね」

　そう言われてハッとする。リリーは眉間にしわを寄せて気に入らなそうに腕を組んでいた。

今の言葉は、キャルが驚くかどうかを試していたのか。

「それは、この仕事を斡旋してくださった宿の方から聞きました。どうやら、皆さん知っていらっしゃるようなので、特に隠してはいないものだと思っておりました」

これは事実だ。嘘は吐いていない。

ただ、他の事実を伝えていないだけで。

リリーは、キャルの目的を探っている。彼女が持つ遠見というスキルは、遠くのものを見ることができるというものだったはずだ。リリーがどれだけ遠くまで見られるのかは分からないが、門の外に出たキャルの動きをここから見ていたのだろう。

ただ、何を話していたかまでは分かっていない。

それなら誤魔化すことはできるはず。

「そうね。大抵の人間は知っているわ。ただ、あなたの表情の変化を見たかっただけなの」

そう言われても、キャルは動揺を隠すことはできなかった。

聞き込みなどは何度かやったことがあるが、こういう腹の探り合いのような会話は一度もやったことがない。

「あなたたちの会話は聞こえていないわ。ただの遠見だもの。でも、想像はつくの」

本当は、キャルがこの会話の主導権を握るはずだった。なぜオーレリアンとの関係を知っているのか聞いて、どこまで分かっているのかを探っていくはずだった。

なのに、キャルが聞き出す前に、リリーは自分から話す。しかもキャルの反応を見ながら、自分の欲しい情報も得ていっている。

「私が噂話に敏感なのは知っているわね？」

「はい」

どの言葉から、どんな情報を得るのか分からなくて、キャルは言葉少なに返事をする。

その様子を見て、リリーが優しげな笑みを浮かべた。

「まさか犯罪者の娘が、この伯爵家に入り込んでいたなんて」

警戒していたというのに。

顔がこわばってしまうのが自分でも分かった。

『なんのことか分かりません』なんて、笑顔で返せるような度胸は持ち合わせていない。

しかも、リリーが犯罪者と呼んだのは、キャルの母親なのだ。

「当たり、ね。驚いたわ」

キャルだって、彼女の推理力には驚いた。母は犯罪者ではないと訴えたいのに、証拠もない状況で訴えては駄目だと理性が止める。

「娘はキャルという名前で、カイドという男性と一緒に逃げたと噂で聞いたわ。同じ名前だから、まさかと思ったけど。本名を名乗っているのね」

呼ばれても返事がしやすいようにと、姓だけ変えたのが間違いだった。

『キャル』だけならば、同じ名前の人間なんて大勢いるから、ただの偶然かもしれない。しかし、後からやってきたのが『カイド』という名の男性。しかも、キャルは彼と屋敷の外で親しげに会話をしていた。

その時点で、リリーは確信したのだろう。

一日の猶予を与えておきながら、ここで一気に追い詰めてくる。

「知っているのよ？　あなた、Bランクの薬師だそうだけれど……男性を誘惑して不正にそのランクまで上り詰めたと聞いているわ」

そんな噂まで流れているのか。

もはや誤魔化せないと諦めて、キャルは立ち上がった。

「まだ何か盗み足りないのかしら」

リリーは、キャルを怒らせようとしている。

怒らせて、目的を聞き出そうとしている。それくらいなら、キャルにだって分かる。

キャルは手をぎゅっと握って、反論したい気持ちを抑える。

「私は、お嬢様に害をなす気はありません」

テーブルの上の、冷めきった紅茶。いつもだったら、話の途中でも冷めないうちに飲んでくれるのに、今日は手を伸ばすこともしなかった。

キャルが薬師であることを知ったから、何か入れられたのではと警戒しているのだろう。

「それは分からないわ。もうすでにカイドという男性は毒牙(どくが)にかかっているようだし」

キャルが彼を薬で操(あやつ)っていると思っているのか。

噂(うわさ)を聞いてリリーがそう感じたのならば、同じように思っている人が多いのだろう。

知らない人にどう思われてもいい……と言いたいところだが、なんとも言えない嫌な気持ちが湧き上がってくる。

――と、同時に、ワゴンに隠しているトゥリンクルのことを思い出す。

リリーは、惚れ薬の存在を信じている。

だから計画を実行するために、キャルは大きく息を吸った。

「お嬢様に何もする気がないのは本当なんですけど」

テーブルの上のカップを手に取ると、ぐっと一気に飲み干す。

冷めたせいで香りも薄くなっているが、良い香りのする茶葉が使われている。

「私がここにいるのは、情報が欲しいからなんです。内緒で私に協力していただけませんか？」

カチャン。

わざと音が立つようにカップを置いて、にっこりと笑う。

「ちょっと、調べたいことがあって。手伝ってもらえたら助かります」

リリーは頭がおかしい人を見るような目をした後、キャルを睨み付けた。

その視線を受けてもなお、キャルはにっこりと笑い、今までの怯えた表情が嘘だったかのように振る舞う。

――そう、できていればいいと、心の中で願った。

「あなた、どういう神経をしているの？　協力するわけがないでしょう？」

「交換条件として、惚れ薬を差し上げます」

リリーの問いに被せるように、殺し文句を放つ。

惚れ薬という言葉に、リリーが息を呑んで、一瞬声を失った。

「惚れ薬……そんなもの作れないと、専属医の先生がおっしゃっていたわ」

やはり、調べていたようだ。

キャルはゆっくりとワゴンまで歩き、例の袋を持ち上げる。そして振り返ると、リリーは食い入るようにキャルの動きを見つめていた。

キャルは袋の中からトゥリンクルを取り出す。

「トゥリンクルという薬草です。ご存知ですか？」

「馬鹿にしているの？　そんな有名な薬草くらい、私でも知っているわ」

そう言いつつも、目が離せない様子なのは、実物を見たのが初めてだからだろう。

トゥリンクルは、今や貴重な植物で、大変な高価なものになっている。加工前の生きた状態のものを見ることなんて、まずないだろう。

リリーは驚いた様子でトゥリンクルを見ていたが、ふんっと鼻を鳴らし、興味がなさそうに視線をそらす。

「それには、惚れ薬としての効用なんてない。ただのまやかしだわ」

「そう。まやかしです。惚れ薬というのは、実際には存在しません」

それを聞いたリリーは、眉を寄せてキャルを見上げる。

キャルはテーブルの方へ戻り、薬草をリリーの目の前に置いた。

「私が、なんの助けもなしに男性を誘惑できると思いますか？」

「全く思えないわ」

間髪を容れずに否定され、一瞬、素に戻りそうになった。

そこまではっきり言うことないと思う。

「あくまで自分の力で誘惑するのです。薬は、その際に男性側の体の変化を促すだけ。成功するかどうかは誘惑する側の腕にかかっています」

キャルは、そっとリリーの近くに寄る。

「例えば、お嬢様の香りを嗅ぐことによって、胸の動悸が高まる」

次に、リリーの手を取る。

「触れられると、その部分だけが熱を持ったようになる」

驚いた表情のリリーに、ふっと笑ってみせた後、手を放して数歩後ろに下がる。

「見つめられれば、体温が上がる。そんなことが続けば、どうなるか分かりますか？」

リリーの喉が上下に動いたのが見えた。

キャルは、わざとリリーから視線を外し、お茶のおかわりを準備する。

「吊り橋効果というのを聞いたことがありますか？　人は強い恐怖や不安を感じると、その時一緒にいる異性を好きになりやすい……それと似たような現象です。薬による体の変化を、脳が恋のせいだと勘違いしてしまうのです」

何も入れていないことをアピールするため、ゆっくりとお茶を淹れる。そのお茶をリリーの前に置き、先ほど自分が空にしたカップを下げた。

「そんなことが、できるの？」

「理論的には可能です。お嬢様には先に、薬の効果を抑制する薬を飲んでいただきます。それから、お嬢様の香水に動悸を速める成分を投入します」

リリーは喉が渇いたのか、目の前のカップを持ち上げる。

警戒心が薄れているのは、キャルの話に気を取られている証拠だ。

笑いたいのを我慢して、キャルは続ける。

「そして手には、人の体に触れると熱を発するクリームを。ご自身も少々熱いと感じるでしょうが、火傷をするほどではないので我慢してくださいね。そのあと共に食事をすれば、料理に混入させた薬によって男性の体温が上がり、動悸もさらに速まります」

「それで、本当に誘惑できるの？」

「お嬢様の腕次第かと。私は、薬で体の変化を促すだけ。もちろん言葉や仕草でも、誘惑してくださいね。それでも駄目なら、男性の性的興奮を促す薬もご準備できます」

「まあ」

リリーは口を手で押さえた。

けれど目を見れば、本気で恥じらってはいないのが分かる。

「私に協力していただけるなら、意中の男性を射止めるお手伝いをいたしましょう」

リリーの瞳の中に葛藤が見えた。

キャルはリリーに信用してもらうために、もう一言付け加える。

「私が提供するのは、本当の意味での惚れ薬ではありません。血圧の薬だったり、精力剤だったりするものに、改良を加えただけです。薬の効果が切れれば、男性の体は元に戻ります。薬が効いている間に、お嬢様が男性を落とせるかどうかにかかっているのです」

困ったように微笑むと、考える時間を与えるため、お茶菓子の準備に取り掛かる。

お茶菓子は、お茶と一緒に出さないと意味がない。後から出すなんてと、いつもだったらリリーは怒るだろう。

しかし今は、そんなことに気が付く余裕もないようだ。

「……キャルは、カイドという男性を、それで落としたのね？」

顎に手を当てて、リリーは考え込んでいる。

カイドを誘惑するために、そんな薬を仕込んだことはない。

ない……が、ここはあえてそういうことにした方が信憑性があるような気がする。

「それは、ご想像にお任せします」

キャルは迷った結果、どっちつかずの返事をした。

肯定も否定もしていないのだが、リリーは肯定と捉えたのだろう。

瞳をぎらっと輝かせ、力強く頷いた。

「協力するわ」

キャルでも上手くいったのなら、必ず成功すると確信できたようだ。……どういう意味だ。

とにかく、これでリリーが味方になった。

「で？　あなた、結局何を調べているの？」

それについては明日話すことにした。焦らなくても、無実の証拠を手に入れるのは間近……な、はずだ。


その日、帰り道でカイドと一緒になった。

なったというか、先に仕事が終わったカイドが、キャルを待っていただけだが。

「だから、知り合いだってバレたらまずいって言ったでしょう？　ちゃんと分かってるの？」

「もうバレたんだろう？　ならいいじゃないか」

「お嬢様以外にも、人はたくさんいるの！」

カイドは能力が高すぎて、今までピンチになったことがほとんどないようだ。ピンチだったのは腕に寄生虫が入った時と、山猿に囲まれた時だけだと言っていた。Sランクの冒険者ともなれば、数々の修羅場を潜(くぐ)り抜けてきたはずだから、そんなわけないとキャルは思うのだが。

ともかくそういう事情で、カイドは危機意識が薄い。バレてもなんとかなると思っている節(ふし)があるのだ。

「まあ、なんとかなる」

しかも、口に出したし。

キャルはカイドの説得を諦(あきら)める。それよりも今日の自分の働きについて語りたかった。リリーと一進一退の交渉！　なんだかとっても頑張った！

「キャルは顔に出やすいからな。何を考えてるのか、何がしたいのか、すぐ分かる」

「ええ〜」

褒めてもらおうと思っていたので、不満を声に出してしまう。

いや、リリーに出ばなをくじかれたにもかかわらず、惚れ薬を餌(えさ)に協力を得るなんて、自分的にはすごく良くできたと思うのだが。

「相手がオーレリアンだったら、協力は得られずに薬だけ提供させられてただろ」

ははっと、カイドが軽く笑う。

文句を言いたくても、これには反論できない。オーレリアンの言葉に怒ったり、怯えさせられたりして、いいように扱われることしか想像できなかった。

いや、世間知らず同士の一騎打ちのようなものだから、もっとおかしなことになっていたかもしれない。

ちぇーと口をとがらせるキャルの頭を、カイドが嬉しそうに撫でる。

「しかし、キャルのおかげで良い協力者を得られた。まずは、前伯爵がどんな人物だったかを現伯爵から聞き出してもらおうか」

彼の言葉に、キャルは真面目な顔で頷く。

「それから、遺書だね」

最終目標は遺書だ。前アルスターク伯爵の遺書が見つかり、その中に書物を譲ったことが記してあれば、エリーの無実は証明される。

そして盗品とされている本が、正式にキャルのものになるのだ。

次の日、キャルはリリーに何を調べたいのかを説明した。

リリーについている侍女はキャルだけで、お客様がいない時などは二人きりになれるので、話をする時間は充分に取ることができた。

「それで、私は母の無実を証明したいのです」

ニコニコ笑いながら説明を終えると、リリーが呆然とした顔でキャルを見つめていた。

今はソファーに二人、並んで座っている。

使用人と主人が同じソファーに座るなんて有り得ないのだが、内緒話をするなら近くに座れとリリーが言ってくれたのだ。

いつもは厳しいけれど、こういう柔軟さもあるのが良いなと思う。

普段より小さな声でキャルが話している間、リリーは口を挟まずに聞いていてくれた。

アルスターク伯爵が、前伯爵の遺書を隠しているはずだから、その在り処を突き止めたい。そう頼むところまで、スムーズに説明することができた。

なのに、リリーは無言のまま動かない。

「どうかなさいましたか？」

キャルが首を傾げた途端、リリーの怒鳴り声が飛んできた。

「そんなことに協力できるわけないでしょう⁉」

「えーなんでっ⁉」

リリーの両手が伸びてきて、キャルの頬(ほお)を左右に引っ張る。か弱い令嬢の力でも、これは非常に痛い。

「いひゃい、いひゃいれすっ」

必死に逃れて、痛む頬(ほお)を両手で覆(おお)ったところで、またリリーに怒鳴られる。

「お父様を売れと言っているようなものでしょう⁉　それに何？　さらに本を盗みに来たわけではなく、無実を証明しに来たっていうの？」

「え、分かってなかったんですか？」

目を吊り上げたリリーが、また頬(ほお)に手を伸ばしてきたので、キャルは慌ててソファーの端まで後ずさる。

「別に、魔法書がいくら盗まれたって、私には関係ないもの。それくらいなら、別にいいかなと思っていたのよ。でも、アルスターク伯爵家を貶(おとし)めることに繋がるなら話は別だわ」

キャルは盗みをすると思われていたのか。

そして、その手伝いならしてもいいって……価値観がおかしい。

「泥棒は泥棒よ。無実かもしれないなんて、全く思わないわ」

リリーは腕を組んでキャルを睨(にら)み付ける。

キャルも母を泥棒だと決めつけられて、思わずムッとしてしまう。

「無実かもしれないじゃないですか。もし盗んだことが事実だとしても、証拠がない状態で認めることなんてできません」

そう言って、対抗するようにリリーを睨み付ける。

その視線を受けたリリーは、さらに不快そうに眉をぎゅっと寄せた。

「――いいわ。でも盗んだのは絶対に事実よ。それがはっきりしたら、自首するのよ」

書物が盗品であってもなくても、国の捜査を攪乱している時点で、キャルは処罰の対象になるだろう。

逃げることを選択した時から、それは分かっている。

だから事実をはっきりさせたら、リリーから言われずとも自首する気でいた。

「分かりました」

キャルが頷いたことで、リリーも少し落ち着いたように小さく頷く。

「でも自首する前に、私の恋は成就させていってね」

ティーカップを持ち上げて、リリーは微笑む。

さっきまでの怒りの表情は消え、お淑やかなお嬢様モードに戻ったようだ。

「はあ。やるだけやってみますが、相手は誰なんですか？」

たしか、午後にお茶会が入っていたはずだ。そこに相手の男性が来るのなら、すぐに準備を始めないといけないだろう。

リリーはキャルの疑問を聞いて、信じられないとばかりに目を見開く。

「そんなの、決まっているじゃない。分からないの？」

……と聞くということは、キャルの知っている人なのだろうか？

だがキャルは残念ながら、上流階級の男性をほとんど知らない。

そういえば、国王の名前は『常識だから必ず覚えろ』とカイドに覚えさせられたので分かる。まさか、リリーは妾妃狙いか。

「さすがに、陛下に薬を盛るのは……」

「ちがうわよっ！　馬鹿ねっ」

なんて不敬なことをっ！　と慌てたようにリリーがキャルの頬をつまむ。

「いひゃいれす」

叩いたりすると自分の手も痛いからつまむのだろうが、こっちは痛いことに変わりがないので力は加減してもらいたい。

「そんなこと、誰かの耳に入ったら大事になってしまうわ。うかつなことを言わないでちょうだい」

盗品がどうとかいう話よりも、今の発言の方がまずかったのだろうか。

頬を放してもらったキャルは、少し涙が浮かんでしまった目でリリーを見返す。

「シャルパンティ様よ。先日、お越しいただいたでしょ？」

「はあ……」

まさかのオーレリアンだった。全力でおすすめしませんが。

「あの麗しいお姿……。ステキな立ち居振る舞い。お心遣い。全て完璧だったわ」

自分に酔っているようにしか見えませんでしたが。

彼はリリーに見惚れられて、わざわざ髪をかき上げながら微笑んでいた。その全てが胡散くさいと思いながら、キャルは冷めた目で見ていたのだ。

「あなた、彼と知り合いなのでしょう？　この街にいらっしゃる間に、もう一度我が家に来ていただくことはできるわよね？　その時に実行して」

「……分かりました」

そこでキャルはハッとした。

――しまった。オーレリアンか。

彼は多分、キャルが料理に混入させた薬の存在に気付く。魔法であっさりと無効化するか、隣の人の料理と入れ替えてしまいそうだ。

「あとは、私の魅力次第でしょう？　……やってみせるわ」

何をするつもりか考えるだけで怖いが、放っておこう。

キャルは薬を仕込むだけでいい。あとは効こうが効くまいが、リリーの腕の問題だ。

うん、そういうことにしよう。

「そうですね。お嬢様でしたら、お出来になると思います」

いろいろなものに目をつむって、キャルはにっこりと笑った。


午後の予定をキャンセルすると変に思われてしまうので、予定はこなしつつ調査にも協力してもらうことになった。

リリーがお茶会の出席者から聞き出す、前伯爵の話は興味深い。

「先代のアルスターク伯爵様は、大きな声では言えませんが、女性が大好きでしたのよ」

おほほほほ。

優雅に笑う女性に、『大きな声で言えない』なんて遠慮は見当たらない。

「けれど、今の伯爵様は、女性の影が全くございませんでしょう？　反面教師というのかしら。お父様のようにはなりたくなかったのでしょうね。当時十歳だったリリー様をお迎えになった時は、大人の女性が嫌で、そっちの趣味に目覚めてしまったのかと思ってしまいましたわ」

「まあ。嫌ですわ」

そっちの趣味ってなんだろう。

キャルは傍に控えてその会話を聞いていたが、貴族特有の遠回しな会話で、真意が掴めないことが多い。

けれどリリーの笑みがどこか黒い気がして、気に入らないことを言われたんだろうな、というくらいの想像はできる。

「亡くなったおじい様のことは、お父様もあまりお話ししてくださらなくて。そっちの趣味だなんて、私では到底思いつかないようなことをおっしゃるのですね。その想像力には頭が下がりますわ」

「まあ。おほほほほ」

「うふふふふ」

……なぜか分からないけれど、怖い。笑い合っているのに、険悪に見えるのはなぜだろう。

お茶会が終わった後のリリーは非常に機嫌が悪かった。

いつもリリーの機嫌を損ねる面子は、大体決まっている。嫌ならばお茶会になど誘わなければいいと思うのだが、それが社交というものなのだそうだ。

キャルにはいまいち理解できない。

とにかくその後も数日にわたり、会う人全員に前伯爵のことを聞いてもらったが、みんな言うことは似たり寄ったりだった。

——女性との噂が絶えなかった。

——隠し子がいたらしい。

その二つだ。

「みんな、すでに知っていることしか言わないわね」

部屋のソファーで行儀悪くクッションにもたれたリリーは、扇子を閉じたり開いたりしている。

「それにしても、あの女。私に向かって、お父様が幼女愛好家だというようなことを堂々と言い放つなんて。低劣極まりないわね」

先日のお茶会のことで、まだイライラしているようだ。余程気に入らなかったのだろう。

「愛好家っていうほどじゃないですよね、養女はお嬢様お一人だけですし」

キャルは素直な感想を口にした。愛好家と言われるほどなら、もう一人か二人は引き取っているはずだ。

リリーがソファーのクッションにもたれた格好のまま、キャルを見上げる。

「……キャル？」

「はい？」

「あなた、一般常識がないと言われない？」

「言われます。よく分かりましたね」

驚いた。そんなことが分かるような発言が、今の会話の中にあっただろうか。

キャルは目を丸くしてリリーを見下ろす。

じっと見つめられて、思わず首を傾げると、大きなため息を吐かれた。

「あなた、よくここまで生きてこられたわね」

……生死にかかわるような発言もあっただろうか。

考え込むキャルを放って、リリーは立ち上がった。そして身なりを整える。

「情報を得るなら、次は図書室ね」

そう言ってまず向かったのは、アルスターク伯爵の書斎だった。

「あそこにある本はお父様でさえ、ほとんど読まないのだけど」

アルスターク伯爵家が誇る図書室。個人の蔵書とは思えないほどの量が収蔵されているらしい。

リリーは書斎の前でぴたりと足を止め、胸に手を当てて深呼吸をした。キャルにちらりと視線を向けて、ここで待っているようにと合図する。

ノックをすると、すぐに伯爵の声がした。

「失礼します」

リリーが部屋に入っていく。その背中をキャルは廊下で見送った。

キャルのような使用人が中に入ってはいけないのだろう。

「珍しいな。なんの用だ」

血の繋がりがないとはいえ、父が娘に話しかける時の声って、こんなに淡々としていて冷たいものだろうか。

まるでなんの関係もない他人同士のようだと思う。貴族というのは、こんなものなのだろうか。

「私、いろいろな方にお話を伺って、魔法に興味が湧いてきましたの」

伯爵の声は冷たく聞こえたが、リリーの方はそうでもない。いつも通りの声だ。

だがキャルは廊下に立っているので、彼らがどんな表情をしているのかは分からない。

開いたドアの隙間から漏れてくる声を聞いているだけだ。

「せっかく少々魔力があるんですもの。魔法に関する蔵書があれば見てみたくなりまして。図書室に入ってもいいでしょうか？」

リリーが朗（ほが）らかに言った後、沈黙が落ちた。

伯爵は考え込んでいるのだろうか。どんな様子なのか分からなくて、キャルはもどかしさにぎゅっと手を握り合わせた。

「……何を探っている？」

長い沈黙の後、伯爵の低い声が響く。

恐ろしいとさえ思える声に、自然と背筋が伸びた。

リリーが叱られそうならば、その前に助けに入らなければならない。どくどくと心臓が早鐘（はやがね）を打ち始める。

「――本を見たいと言っただけで、何かを疑われるとは思っていませんでした。申し訳ありません」

リリーが驚きを隠すことなく、素直に謝る。

その後、また沈黙が落ちた。

しびれを切らしたキャルが、もう部屋に入ってしまおうか？　と思ったところで、伯爵が息を吐く音が聞こえた。

「いや、いい。気のせいだったようだ。好きにするがいい」

「よろしいのでしょうか？　私が本を見たいと言いましたのは、ただの興味からです。ダメだとおっしゃるのならば、それでも構わないのです」

悲しそうな声。

リリーは、本気で泣きそうなのかもしれない。

キャルだって、彼女が自分の家の図書室に入りたいと言っただけで疑われるとは思っていなかった。実際に疑われたリリーは、もっとショックだったに違いない。

「いいと言っているだろう。何度も言わせるな」

「……はい。申し訳ありません。ありがとうございます」

沈んだ表情のまま、リリーが書斎から出てくる。キャルが待っていたことは知っているはずだが、見ることもせずにスタスタと立ち去る。

話しかけるなと、その背中が言っているような気がした。


リリーとキャルは図書室へ向かった。

リリーが言っていた通り、ここにある本は現伯爵のマルクもほとんど読まないらしい。

時々使用人が掃除しに来るだけのようで、部屋に入った途端、かびくさい匂いが鼻についた。キャルが父の書斎を放置していた時と同じような状態だ。

二階と三階が吹き抜けになっていて、階段の備わった広い図書室。

天井まで届く、壁一面の本棚。

これらを放っておくだなんて。宝の持ち腐れにもほどがある。

リリーのためのお茶とお菓子を用意しながら、キャルは周囲の光景に圧倒されていた。

「私、ここでこれ読んでるから」

リリーは、さっさと中央のテーブルにつき、恋愛小説を読み出す。

「えっ？　こんなに広いのに私一人で……いえ、分かりました」

言っている途中で睨み付けられて、キャルは口を閉じた。

この図書室に入れるのは、リリーのおかげだ。この広い図書室を、たった一人で調べることになったとしても、調べられるだけありがたい……はず。

「……そんな目で見ないでくれる？　気になるわ」

そう言われても、先が見えない作業を始めたキャルの横で、優雅に小説を読みながらお茶をしているのだ。恨めしげな視線を向けるくらい許してほしい。そして、できれば手伝ってほしい。

「カイドと言ったかしら？　彼を呼んでくれれば？」

「勝手に入れてもいいんですか？」

「私が命じたことにするからいいわよ。警備として正式に雇われているんでしょ？」

さすがは、ご令嬢だ。

だが、今日はすでに警備のシフトが組まれているだろうから、明日以降に頼んでみるということになった。

とりあえず図書室の配置図のようなものを作ることにしよう。

そうしてリリーが一冊読み終えるまでの間に、キャルは所蔵されている本の配置と、気になる本のある場所をチェックした。

その日の夜、宿のカイドの部屋で、図書室の本を閲覧できるようになったことを話す。

カイドは、自分が役に立つとは思えないと言いながらも、手伝いを引き受けてくれた。

図書室の警備に就くことになったと上司か誰かに説明して、次の日は朝から図書室に来た。何も問題ないというような顔をしているが、本当に問題がないのかどうかは知らない。

上司に部下が『こうすることになった』と言える職場って、どんなだろう。

カイドがシフトを抜けられそうにない時は、リリーの権力を使って図書室の警備に回してもらうつもりだった。なのに、こんなにあっさり抜けてしまえるなんて。

図書室に入ると、リリーは昨日と同じように、中央のテーブルで本を読み始めた。

キャルはカイドと一緒に図書室を見て回りながら話す。

「昨日までは、ちゃんと仕事してたの？」

「もちろん」

彼はそう言うが、実は全く頭数に入れてもらえてないんじゃないだろうか。

なんて、別の意味で心配になってしまった。

カイドは図書室をぐるりと見回すと、キャルを見下ろす。

「キャル、『探索（サーチ）』で魔力を帯びた本を見つけられるか？」

「『探索（サーチ）』で？」

思ってもみないやり方だ。

キャルは首を傾げながらも、普段から無意識に展開している『探索（サーチ）』を確認する。

しかし、魔力と言われても……

「一冊一冊を個別に見ていったら、魔力があるかどうか分かるかもしれないけど、ほんの少しの魔力だったら『探索（サーチ）』じゃ分からないよ」

はっきり言って、キャルの『探索（サーチ）』に、そんな微細な魔力を見つけられるほどの精度はない。

空気中にはあらゆるものが漂っているし、小さな生き物だってそこかしこにいるだろう。それらは、キャルの『探索』には引っかからないのだ。

薬草には敏感に反応するが、それ以外は、自分に危険を及ぼす可能性があるものだけ。

「そうか。俺は魔法がかかったものは、気配でなんとなく分かるんだが……キャルの『探索』の方が正確かと思ったんだ」

キャルは本棚に近づいて、一冊の本にだけ『探索』を強くかけてみる。

それでも、いまいち分からない。

「私は精霊の気配を感じることもできないし、やっぱり難しいみたい……」

カイドは、キャルならできると思って言ってくれたのに、できないなんて。しばらく前に忘れてしまっていた、自分を卑下する感情が浮かんできそうだ。

「いや、できるかなと思っただけだ。そんなに落ち込まないでくれ。誰にでも得意なことと、そうじゃないことがある。俺の知識がキャルほどじゃないのは知っているだろう」

カイドは自分が無意識に『探索』を展開しているのか、ただ気配を感じているだけなのかの見極めができないらしい。

だから、自分が感じている魔力をキャルも同じように感じているものだと思っていたという。

魔力は魔力に惹かれると聞いたことがある。だから、カイドのように魔力量が多い人は、魔力を帯びたものに敏感なのだ。

落ち込んでしまったキャルの肩を、カイドがそっと抱き寄せる。

リリーが見ているのに……！　と思って振り返ると、ここは本棚の死角になっていて、リリーからは見えない場所だった。

「見られてなかったらいいのか？」

抵抗をやめたキャルに、カイドがニヤリと笑う。

しまった。いいはずがない。今は仕事中だというのに。

「よ、よくないよ」

「そうか。でも、少しだけ」

カイドにはキャルの言うことを聞くつもりがないらしい。

キャルをさらに抱き寄せ、頭に頬ずりをする。

「最近、夜は情報交換するだけだし、昼は別行動だし、キャルに触っていない。もっとキャルを堪能したい」

そう言われながら抱きしめられて、顔に熱が集まったのが分かる。

「いや、でも、あのっ……！」

嫌なわけではないけれど、抱きしめ返すわけにもいかない。かといって押し返すのもどうかと思って、キャルの手は左右にゆらゆら揺れる。

どうしようかとアタフタしている時、カイドが小刻みに震えていることに気付いた。

「笑ってるっ⁉」

「いや？　癒（いや）されている真っ最中だ」

その声も思いっきり震えている。

キャルが文句を言おうとした時、リリーの声が図書室に響いた。

「キャル、ちょっと来なさい」

びくりと震えて、再びリリーの方を確認するが、やっぱり見えてはいない。大丈夫だ。

「キャルだけよ。もう一人は仕事をしてなさい」

そのリリーの言葉に、カイドはしぶしぶキャルを放して、口をへの字にしたまま本棚を眺め始めた。魔力を帯びた本を探していくのだろう。

お茶のおかわりだろうかと思いつつ、キャルはリリーの傍（そば）に行く。

彼女は近寄ってきたキャルを睨（にら）むようにじっと見つめていた。

「お嬢様？　……あの……？」

カップの中には、まだ紅茶が残っている。焼き菓子もお皿に載ったままだ。特にキャルの手が必要な感じはしない。

首を傾げるキャルを手招きして、リリーも首を傾げた。

「今日は香水をつけている？」

「え？　匂いますか？」

キャルはいつも薬を持ち歩いているので、自分から薬の匂いがするのは知っている。しかし、伯爵家で仕事をしている間は薬が入ったマントを羽織(はお)っていないし、持っているのはお馴染(なじ)みの痴漢(ちかん)撃退薬くらいだ。

「いいえ。匂わないのよ」

匂わない？　それならどうして聞いたのだろう。

「今つけている香水の量で足りるの？　それで、あれだけ効果があるの？」

効果……？　あれだけって……？

言われていることの意味を考えて、次の瞬間、キャルの顔はカアッと音がするほど熱くなった。

「お嬢様、見てらしたんですか……!?」

動揺するキャルを見ながら、リリーはふんと息を吐く。

「私が遠見のスキルを持っていることを知りながら、いちゃついたんでしょ？　見せつけたいのかと思ったわ」

「そんなっ……！」

そうだった。リリーは遠見のスキルが使える。彼女からは見えない位置にいても、安心なんてできないのだった。

恥ずかしくてパニックを起こしているキャルをよそに、リリーは考え込んでいる。

「私には効かないってことは、媚薬系ではないのね？」

媚薬なんて、とんでもない。そんなのをカイドに嗅がせたら大変なことになる。

「ええと、今日は、何もつけてないので……」

「そんなわけがないでしょう」

リリーは、キャルがカイドを惚れ薬入りの香水で誘惑したと思っている。もし香水をつけてなかったら、カイドがあんなことをするはずがないと言いたいのだろう。

言いたいのだろうけれど……実際つけていないのだから仕方がない。

しかし、このままではリリーを納得させることはできない。キャルは平常心を装いながら、内緒話をするようにリリーに顔を近づける。

「今もつけてはいますが、ほのかな香りだけです。薬は常用すると効かなくなってしまうものもあります。だから薬だけに頼らず、自分で誘惑するのです」

言っている自分が恥ずかしい。

キャルが誘惑したからといって、夢中になる男性がいるだろうか。

「……彼は、薬が効きやすいの？」

「……そうかもしれませんね」

とてもひどい言い草だが、彼女にはそうとしか思えなかったのだろう。

「それなら納得よ。ふふ。私も使う時が楽しみだわ」

リリーはキャルに戻っていいと合図をして、また本を開く。

キャルは元いた場所に戻ろうと、そちらに足を向ける。そこには不思議そうな表情でこちらを見るカイドの姿があった。

彼にも多分、今の話は聞こえている。

リリーは小声で話していたつもりだろうが、図書室は静かだ。加えて、カイドは遠くの魔物の足音を聞き取れるほどに耳が良い。

「キャル、香水なんかつけてるのか？」

案の定、ばっちり聞こえていたようだ。

「つけてないけど……そういうことにしたの」

キャルが作った薬のせいで、カイドはキャルにべた惚れという設定になっている。カイドの方を見て話す勇気がなくて、キャルは本を眺めながら話した。

キャルの話を聞いたカイドは、満面の笑みでキャルを背後から抱き込む。

「んなっ……！　ちょ、リリーは遠見が使えるの！　だから見られてるかもなの！」

「でも俺、思いのほか薬が効いているみたいだから」

からかわれていることにムッとして、ぐいーっと彼の顔を押し退(の)ける。

「今は、本から情報を仕入れるの！」

キャルは目の前の本棚を示す。時間がどれだけあっても足りないほどの量がある。

「ああ。だが俺も、魔力を帯びている本の特定はできなかったんだよな」

カイドは魔法も使えるが、基本的には剣士だ。

一冊の本を手に取って、彼はため息を吐(つ)く。

「結局、一冊ずつ見ていくしかないか」

昨日のキャルと同じく、うんざりしたように部屋を見回すカイドに、キャルは首を傾げる。

「さっきから魔力がどうとか言ってるけど、魔力を宿っている本を探すの？　家系図とか史料とかじゃなくて？」

カイドが探そうとしているものは、キャルが見つけようとしていたものとは違うようだ。

キャルは、アルスターク伯爵家の歴史を記した本や家系図を見つけようと思っていたのに。

「最終的に欲しいのは遺書だからな。そういうものは、図書室なんかに置かないだろう」

「そういうもの？」

遺書とは、そもそもどういうものだろうか。

母は、病気で亡くなる前に言葉でいろいろ伝えてくれた。父は、急な事故で亡くなったので、遺言さえなかったのだ。

そもそも、遺産もそんなになかったし、キャル以外に受け取る人間もいなかったから、遺書など探したこともなかった。

「多分、金庫や人にあまり見られない場所だな」

「きっと大きいよね？」

お金持ちの遺産の目録なのだから、百科事典くらいの厚みがあるはずだ。

……と思ってしたり顔で頷いていたら、なぜか悲しそうな視線が落ちてきた。

「……小さいの？」

「大きい小さいで表現されるとは思わなかったな。まあ、ちょっと長い手紙くらいだろう」

「手紙⁉　そんなんで、こんなにたくさんの財産が書き切れるの？」

ここにある本だけでも事典が一冊できそうなほど多い。それに加えて宝石や絵画、骨董品、さらには土地や屋敷のことだって書かれているだろうに。

「土地と屋敷は誰で、その他は誰と誰に等分。なんて簡単に書いてあるんだよ。それを見てあとは相続人たちが判断する」

そうカイドに言われて、想像していたものと大きく違うことに唖然とする。

「それじゃあ、母が持っていた本のことが書かれているかどうかなんて分からないじゃない」

目録のように細かく書いてあるわけではないのなら、例の書物について記述がある可能性もぐっと減る。

記述がなかったら……もう、証明のしようがないのではないだろうか。

「ああ。そうだな。実際、書かれているかどうかは五分五分だと思う」

もし生前に譲られたものだったら、遺書に書かれているかどうかは分からない。キャルがしていたのは、その程度の心配だった。

まさか確率が半分しかないなんて、考えてもみなかった。

「……悪いな。分かっていると思っていた」

カイドの申し訳なさそうな顔に胸が痛む。

知らなかったのは、キャルが悪い。カイドがわざわざ言わなくてもいいと思ったくらいだから、常識的なことなのだろう。ただ、キャルが無知だっただけ。

「あいつ、呼ぼうか」

「あいつ？」

唐突に言われて、キャルは首を傾げる。

「本来なら、俺たちを捕まえるのが仕事だからな。頼ってはいけないんだろうが、あいつの力で遺書を開示させよう」

3

その日の夜、宿に戻ったキャルは、何が起こるのか分からず緊張しながらカイドを見ていた。

カイドが窓際に近づき、窓ガラスに手をかざす。

その手元に、青い鳥が浮かび上がってきた。カイドが何かを呟くと、鳥がしゃべり始める。

『ちょっと、君たちは追われる身だというのを分かっているのかい？　この傑物たる僕が見逃してやっているというのに、そっちから連絡を取ってくるだなんて――』

「お前、今どこにいる」

青い鳥の言葉をぶった切ってカイドが聞く。

『うん？　僕の動向が気になるのかい？　ふふっ。まあ、寂しいと言うのなら――』

「どこにいる」

今にも青い鳥を握りつぶしそうなほど、カイドの手に力がこもったのが分かった。

オーレリアンの声でしゃべる青い鳥は、深々とため息を吐く。『この僕が話してあげているというのに短気だなあ』という心の声がしっかりと聞こえてきた。

『まあ、教えてやらないでもないよ！　実は、まだ近くにいるのだよ！　君たちを探しているという名目でね！』

高笑いが響く。

青い鳥は別段表情を変えておらず動いてもいないのだが、オーレリアンがどんな表情と仕草で言っているかが分かってしまう。

「近くに？　暇なのか」

『忙しいさ！　おかげでサシャが半狂乱だよ！　ははっ』

ものすごく軽く笑っている。

他の人が言えば、『やっぱり忙しいんだろうな』くらいにしか思わないのだが、オーレリアンが言うと、本気でサシャが心配になる。

今度会う時は彼のために胃薬を準備しておこう。

「……まあ、いい。近くにいるなら好都合だ。アルスターク伯爵に遺書の開示を求めてくれ」

『は？　……理由はどうするんだ？』

オーレリアンだけでなく、キャルも驚いていた。

ここにきて遺書の開示を求めるだなんて。オーレリアンの力で簡単にできてしまうなら、調査など初めから必要なかったのではないか？

「身柄を拘束された容疑者が、自分こそが正規の相続人だと訴えている……そういうことにしてくれ」

カイドの言葉に、キャルは目を丸くして彼を見つめた。

身柄を拘束……？　そんなことをされればどうなるか。

『それは、君たちを逮捕させてくれるってことかな？』

言葉は軽いが、先ほどまでの楽しそうな声音ではなくなった。だけど、今のキャルはオーレリアンのそんな変化に気付ける状態ではない。

容疑者として捕まるということは、自分たちで調査する機会はなくなる。国に全てを委ね、もし裁判になったとして、負ければ罪人となるのだ。

キャルが希望を託していた遺書でさえ、書物のことが書かれている可能性は五分五分だと言っていた。だったら、下手をすると……どころではない。遺書にその記述がなかった場合、母エリーに相続権はないということで、キャルも有罪になる可能性が高い。

そして、盗品である書物を持ち出して逃げ回っていたカイドにも、その責が及ぶ。

元々、そんな最悪の事態も想像していた。国の調査に逆らえば、もし後で正当な持ち主だと判明したとしても、罪に問われる可能性がある。

キャルは分かっていながら、それでも母の無実を証明したかった。

そんな自分勝手な理由で、彼を巻き込むわけにはいかない……！

「だめ！　私だけならいいけど、カイドも捕まるなんて……！」

「――私だけ？」

じろりとカイドがキャルを睨み付ける。キャルはその眼光の鋭さにびくりと震えた。

「……やっぱりそんなことを考えていたんだな」

カイドとキャルの間に緊迫した空気が漂う。それに全く気が付かない様子で、オーレリアンの呑気な声が響く。

『拘束……という手もあるが、それより、今までの調査で得た情報を提供してもらおうか』

顎に手を当てたオーレリアン……いや青い鳥が、うんうんと頷く。一人で『さすが、僕って天才だなぁ』と呟いている。キャルたちに聞かせるために言っているわけではないようなので、本気の独り言だ。

『君たちは、僕の調査に協力していることにしよう』

「――どういうことだ？」

カイドの視線が、オーレリアンの方へ向く。

キャルはカイドに睨まれた時から、動けずにそのままの体勢でいた。

『このままでは、いずれ君たちを逃亡者として逮捕しなければならないと思っていた。調査結果がどうであれ、だ』

オーレリアンは、ふうっと物憂げにため息を吐いて、前髪を整えている。多分、儚げな表情づくりの一環だと思う。しかし、それをやっているのは青い鳥だ。中身がオーレリアンだと分かっていても、なんだか愛らしい。

『僕が王都に戻れば国に報告が上がり、その時点で君たちは有罪決定だったのだが、分かっているかい？』

だからこそ、カイドとキャルを見つけた後も、王都に戻らずふらふらしていたのだという。

それに付き合わされたサシャは可哀想だが、キャルたちはオーレリアンの機転に感謝するべきだろう。

とにかくキャルたちが逃げたことは、まだ正式な報告として上がっていないということだ。

『君たちの話を聞いて、真実を知るために僕が協力を依頼した。そういうことにしよう』

オーレリアンがキャルの方を見て綺麗にウインクする。

それをやっているのが青い鳥だというだけで、とても可愛く見えた。

けれどその途端、カイドが青い鳥を右手から左手に移し、キャルを背中にかばうように立った。その右手に、いつの間にか剣が握られている。

『待て待て。ちょっと片目を閉じただけだ。そんなに睨まれるほどではないと、僕は思うな！』

そう言われたカイドは無言で舌打ちするが、剣を収めることはない。

オーレリアンからこちらの姿が見えているのかどうかは不明だが、殺気や魔力の増幅などは感じているのだろう。

『とにかく、君たちは筆頭魔法使いである僕の依頼で動いた。だから、僕はそもそも逃亡などされていないし、全く調査もせずに犯人と決めつけてもいないし、ひたすら真実を見極めようと動いてたってことになる。君たちに逃げられて捕まえられなかったという事実も隠蔽できるのだから、お得感たっぷりだ！』

オーレリアンが協力する利点について早口で語ってくれたが、ほぼ全て彼の利点な気がした。

「……遺書の公開は？」

『もちろんできるさ！　アルスターク伯爵には、君たちを捕らえたと言うことにする。——なんてことだ！　これで「君たちに逃げられた態を装った」と言える理由ができてしまった！　僕は自分が神がかりすぎていて恐ろしいよ！』

「いいだろう」

カイドが頷いて、ようやく剣を収める。

『では今から向かうよ！　明日には着くと思うね！　では、それまでサシャの健康を願っていてくれたまえ！』

サシャの!?　とか、そんなところに突っ込める雰囲気ではなかった。

カイドが手を握りしめると、青い鳥はあっという間に霧散する。

彼はキャルに向き直り、腕を組んで見下ろした。

ちらりと見上げれば、見たことがないほど不機嫌な表情をしている。

「ご……ごめんなさい」

彼に怒りの感情を向けられたことがなかったので、声が震えてしまった。

「本当に悪いと思っているのか？　信じられないな」

その言葉に、キャルはさらに衝撃を受ける。

彼が謝罪の言葉を受け入れてくれないとは思いもしなかった。

「ほ、本当に……」

「──だったら、今後また同じようなことがあった時は、俺を巻き込んでくれるか？」

目をそらすのは許さないとばかりに、顎を掴まれ、持ち上げられる。見上げた先には、適当な答えを許してくれない強い瞳があった。

キャルの個人的な事情に、カイドを巻き込む。

そんなことが許されるのかと、キャルは怯える。

本来なら、カイドはSランクの冒険者で、貴族さえも一目置く存在なのだ。それなのに、キャルといるせいで、『Eランクの薬師を不正にランク上げしようとした』などと不名誉な噂が流れたこともある。

そして今は容疑者として追われ……キャルは、彼の人生を壊していっている。

そんなことが許されるはずがない。

キャルは勝手にあふれてきた涙をそのままに、目を伏せて小さく首を横に振った。

「……それができないなら、今後仲間として行動するのは無理だ」

「な……」

それ以上、声にならなかった。

そんなことを言われるとは思わなかった。

そんなことを……言われたくないから、できるだけ自分の事情に巻き込まないよう、キャルなりの線引きをしていたというのに。

彼の表情は真剣だった。冗談でも、脅すためでもないようだ。

「や、やだ……」

絞り出すようにして、それだけを言葉にした。

キャルといることで、彼に損をさせたくない。足手まといになりたくない。今回のことだって、最終的に有罪になったとしても、キャルだけが捕まればいいと思っていた。

「だったら、仲間を——俺を、信用するべきだろう？」

心の奥底にしみついた習慣が、カイドを深く傷つけた。

怒った表情の中で、瞳だけが悲しそうにきらめいている。

キャルは顎を掴むカイドの腕を押し退けて、彼にしがみついた。

「ごめんなさい。ごめっ……」

泣き落としは卑怯だとか、しっかり説明しようとか思うけれど、今はできそうにない。

「はなれてかないで。それは、いやっ……！」

キャルは、自分の要求だけを口にした。

逃がさないとばかりにカイドにぎゅっと抱き付く。

彼が本気で去ろうとしているならば、キャルの力で止めることなどできないけれど。

手がしびれるほどに強くしがみついた。

「——分かった」

少しだけ笑みを含んだ返事。

だけど、ここで力を緩めたら、あっという間にすり抜けていかれそうで、キャルはもっと力を込める。

「キャルが、本当に俺から離れたくないと思ってくれているならそれでいい。——いいか？　勝手に一人で捕まるとか、危険な真似はするな」

抱きしめ返してもらって、ようやく顔を上げる。

カイドは笑っていた。

「ごめんなさい」

彼が何に怒っているのかを理解して、きちんと謝る。

さらに笑みを深めたカイドが、キャルに軽いキスをした。


次の日。

キャルはいつも通りリリーにお茶出しをしていた。

オーレリアンが来ると言っていたけれど、いつ来るのだろう？　彼はキャルたちを捕まえるふりをするはずだ。どこでどうやって捕まるのか分からないが、カイドと一緒にいた方がいいだろう。

「お嬢様、今日も図書室に行かせていただいてもいいですか？」

リリーはカップを口に持っていきながら、じろりとキャルを睨み上げる。

なぜ睨まれるのか分からなくて首を傾げると、大きなため息を吐かれた。

「——全く」

リリーが苛立たしげに呟く。

キャルに呆れたような視線を浴びせて、もう一度息を吐いた。

どうしてこんなに機嫌が悪いのだろう？　と不思議に思っていると、さらに強く睨まれる。

「見られていると分かっているのに、いちゃつくってどうなの」

「――また見てたんですかっ⁉」

なんのことかと思って、一瞬反応が遅れた。昨日の図書室でのことだ。

カイドがすり寄ってくるので必死に押し返していたはずだが、第三者から見ればいちゃついていたと言われても仕方がない。だがリリーは本を読んでいたから、こちらを気にしていないと思っていた。

「見ていたわよ。静かに本を読んでいたのに、小さな声で楽しそうに笑ったりする声が聞こえたから、遠見を使ったわ」

何度目か分からないため息を、これ見よがしに吐いて、またキャルを睨み付ける。

「あんな場所で、なんて破廉恥な」

「～～～っすみません」

でもでも、楽しそうな声がしたからって、見なくても良くないか？　イライラするくらいなら、見ないようにすることもできたと思う。

　そんな諸々の反論を全て呑み込んで、キャルは熱くなった顔を伏せた。

「それで？」

　リリーが突然立ち上がり、腕組みをしてキャルに問いかける。

「はい？」

　さらに何か聞きたいことがあるのだろうか。できるならば放って置いてほしいのだが。

「あんなに良く効く惚れ薬があるのね？」

　確認したいのはそこなのか。

　キャルは恥ずかしさを誤魔化すために咳ばらいすると、内緒話をするように声を潜める。

「あれは、ただの惚れ薬ではありません。一度好きだと認識させておけば、思い込みやすい男性の場合は、ずっとその効果が続くのです」

　……言いながら、カイドに心の中で謝った。

　そんなこととは知らずにリリーは顔を輝かせる。

「素晴らしいわ！　ああ、早くお会いできる日が来ないかしら」

「ああ、そういえば今日、こちらに来られるそうで……」

これ話していいことだっけ？　と言ってから気付く。

いや、絶対ダメなやつだ。

「そういうことは早く言いなさいっ！」

大音量で怒鳴られた。

リリーはこんなに大きな声が出せるのか。

キャルは目をぱちくりさせて呆然と突っ立ってしまう。

その肩を掴んでリリーが顔を寄せてくる。

「私に会いに来てくださるのね？　一度王都に戻られても、私のことが忘れられないと――」

「あ、違いま……いひゃいれす」

勘違いさせては申し訳ないので、早々に誤解を解こうとしたら、今度は頬をつままれた。

「あなたには夢を見る乙女の気持ちは分からないのかしら？」

今のセリフは夢見る乙女のものだっただろうか。

キャルが頷いていたら、途端に突っ走っていきそうに思えたのだが。

「だったら、どうして来てくださるの？」

簡単に言えば、キャルとカイドを逮捕しに来る。その上で、遺書の開示を求める手筈になっているのだが……

さすがに、それをそのまま伝えるわけにはいかない。

キャルが困って首を傾げると、リリーはムッとした顔で立ち上がる。そしてドアに向かって歩き始めた。

キャルも慌ててその後についていく。

「すみません。私もよく分かっていないのです」

嘘は吐きたくなかったが、そんなことを言っている場合じゃない。

しかし、リリーもキャルの嘘を見抜いているのか、全く信用していない視線を向けてくる。

「別にいいわ。お父様に聞けば済む話だもの」

「あの、待ってください……！」

伯爵に伝わるのはまずい。オーレリアンはキャルたちを逮捕しに来るのだ。それを事前に知っていたならば、キャルは逃げるはずだ。逃げもせずに待っているのは不自然だろう。

キャルは慌ててリリーを押しとどめる。

「こちらに来たとしても、伯爵家を訪問されるかどうかは分からないし、いや、そもそも来ないかも……！」

リリーは不快げに顔を歪め、腕を組んでキャルを見下ろす。

「部屋の掃除でもしていなさい。お父様のところには一人で行くわ」

そう言って追い払うような仕草をされた。

「あ……の、ええと」

呟くキャルを無視して、リリーはドアへと歩き始める。その背中には、有無を言わさぬ雰囲気があった。

今まで、キャルがどこについていこうと何も言われなかった。睨まれたり嫌味を言われたりはしたけれど、ついてくるなというのは初めての命令だ。

――申し訳ありません。

口から出そうになったのを、息を吸ってこらえた。嘘を言いましたと告白するようなものだからだ。

キャルは何も言えないまま、リリーの背中に頭を下げた。

その後キャルは、リリーの部屋で掃除をしていた。

オーレリアンが来ると言ってしまったことをカイドに伝えないといけないが、リリーに掃除をしろと言われたので、それが終わってからにしようと考えたのだ。リリーが戻ってきた時、掃除が済んでいないことでさらに怒られたくない。

なんとなく、友人と喧嘩をした後のような気分で落ち込んでいた。

リリーが伯爵の書斎に行ってしまってから、随分時間が経っているような気がする。

そんなに長く話し込んでいるのだろうか。それとも、キャルに会いたくないから他の侍女を連れて庭でも散歩しているのだろうか。

そう考えてから、キャルは一人苦笑いをして首を横に振った。

リリーは主なのだから、キャルの顔が見たくないならば、追い出すこともできるのだ。キャルがいるから部屋に戻れないなんてことがあるはずはないのに、そんなことを考えてしまった自分に笑えてしまう。今の立場を忘れて、勝手に仲良くなった気でいたのだ。

やがて掃除が済んで、カイドを探そうとした——その時だった。

背筋を虫が這い上がるような不快な気配がして、キャルの全身が危険信号を発する。

逃げないと——！

何から逃げるのか分からないままドアに走り寄った。

しかし、ドアまであと一歩のところで、見えないガラスのようなものに阻まれてしまう。

危険危険危険危険！　キャルの本能が必死に伝えてくる。

ドアがダメなら窓へと走り寄ってみるけれど、そちらにも近づけない。

「これ、なにっ――?」

焦った声が出て、さらに焦りが増してしまう。

そこに、ノックの音が響き渡る。

カチャリと軽い音がして、キャルが近づくことさえできなかったドアが、あっさり開いた。

「失礼するよ」

入ってきたのは伯爵のマルクと、魔法使いのローブを羽織(はお)った男。彼は頭まですっぽりとローブを被り、見えるのは口元だけだ。

その男を見た瞬間、キャルは取り繕(つくろ)うこともできないほど怯(おび)えた。

息を呑んで、その場から動けなくなる。全身がぶるぶる震えて、よろけてソファーに寄りかかる。

「突然すまないね。ちょっと君に用事があってね」

マルクは無表情で淡々と言った。

背後で殺気を放ち続けている男のことなど全く気にしてないようだ。キャルはこんなに恐ろしいのに、彼は何も感じないのだろうか。

マルクはすたすたと入ってきて、キャルの向かいにあるソファーに座った。

彼の動きよりも、魔法使いの方が気になる。

キャルは震える口を無理矢理開いて、どうにか声を出した。

「なん……の、ご用でしょうか」

情けないほど震え、かすれていて、自分以外の人に聞き取れるのか疑問が残る声だったが。

案の定、マルクは首を傾げた。けれど、別にそんなことはどうでもいいと思っているのか、ソファーに深く腰掛ける。

「シャルパンティ殿と知り合いだとか。彼が明日また来訪されると、今リリーから聞いた」

あまりに淡々とした声で、何を考えているのか分からない。

魔法使いの男に視線を向けるが、彼はピクリとも動かず、表情さえ窺えない。キャルをじっと見ながら、こちらの返事を待っている。

「知り合い、では……ありません」

オーレリアンは、キャルを逮捕するために来るという設定だ。今さら嘘が通用するのかどうかは分からないが、正直に本当のことを話すわけにもいかない。

「へえ？　そうなのか？」

「……はい」

キャルの返事を聞くと、彼は満足げにゆっくりと頷く。

「君は、どこまで知っているのかな？」

胃がきゅっと縮んだような気がして、吐き気を覚える。

それは、こちらのセリフだ。彼は、どこまで知っていて、ここに何をしにやってきたのか。

「何も……」

キャルに話せることなど何もない。

「なるほど」

キャルの明らかな嘘にも、表情を変えずにただ頷く。

少しくらい不快そうな表情でも見せてくれたら、まだマシだったかもしれない。

マルクはちらりと魔法使いを見やる。

ローブに隠れて口元しか見えないが、マルクからの視線に気が付いたのか、その首が小さく動いたような気がした。

どんなやり取りなのかキャルには分からないが、マルクが「そうか」と呟く。

「しかし……私は知っているんだよ。キャル・アメンダ？」

名前を呼ばれた瞬間、キャルの体が浮き上がって壁に叩きつけられた。

いや、厳密に言えば壁ではない。壁にぶつかる前に、透明な膜に阻まれて、そこに張り付けられていた。

背中だけでなくお腹も圧迫されて息がしづらい。

「エリーの娘だったなんて。とんだ厄介者だ」

マルクはソファーから動かず、ただ視線だけを投げてくる。

キャルがどんなふうになっても全く気にしていないのだ。

「邪魔だ。殺せ」

なんの感情も見えない瞳で見上げるマルク。その口から、キャルの命を奪う命令が出された。

「………っ」

文句が言いたいのに、肺を押しつぶされて、苦しそうな息を吐くことしかできない。

「了解した」

音もなく、黒い人影が動く。

彼は、どんな命令でも、感情なしに実行していく。

それが、とてつもなく不気味で、怖い。

カイドだってオーレリアンだって、この魔法使いと同じくらい強いだろう。だけど、あの二人に恐怖を感じたことはない。最初に会った時のカイドは殺気立っていて怖かったけれど、それを無視して近づくことができる程度だった。

目の前に立つ魔法使いは、彼らとは全く違う。

彼がこの部屋に入ってきた時から、その存在に違和感を覚えた。彼からは、魔物の気配がしているのだ。そして、息をするのと同じくらい自然に、皮膚がびりびりするような殺気を発している。

魔法使いが両手を上げると、キャルの体が空気の膜にさらに押しつけられた。

刃物でも飛んでくるのかと思っていたが、圧死させられるとは考えていなかった。

どんどん圧迫が強くなって、意識が朦朧（もうろう）としてくる。

脳に空気が届かなくなっている。まずい――

キャルが意識を失いかけたその時、

――ドンッ！

部屋全体が揺れた。

「……なんだ？」

「その娘に防御魔法を施（ほどこ）していた人物のしわざかと」

マルクの問いに、魔法使いが淡々と答えた。

立て続けに起こる揺れ。だが、すぐに興味をなくしたように、彼らはキャルに向き直る。

防御魔法……？

そういえば、カイドは魔法による攻撃が効かないよう、キャルに防御魔法をかけていると言っていた。ではこうなる前から、すでに攻撃を加えられていたということか。

そして、彼らがキャルを圧死させようとしているのは、普通の攻撃魔法だと防がれてしまうから。

「結界が破られてもいい。こいつを先に殺せ」

「了解した」

ぐっと圧迫感が強まって、自分の骨が折れる音が聞こえた。

音のない悲鳴が口から漏れる。開いた唇の隙間（すきま）から唾液（だえき）がこぼれていった。

やばい。これ以上は気を失う――

そう思った次の瞬間、部屋の扉が開き、キャルの体が不意に解放された。床に落ちる前に、柔らかく抱きとめられる。一気に肺に空気が流れ込んできて、キャルは激しくせき込んだ。

それをいたわるように背中を撫でてくれるのは、もちろんカイドだ。

「キャル、時間がない。骨をくっつけるのは無理だが、これを渡しておく」

息をするだけで、鋭い痛みが走る。肋骨のどこかが折れているらしい。

そんなキャルの上にふわりと降ってきたのは、いつものマントだった。

キャルがようやく顔を上げる頃には、カイドは剣を構えて魔法使いと対峙していた。

「屋敷を壊すな！　これは、私の屋敷だ。そいつらは必ず殺さなければならないが、建物への被害はなくせ」

マルクの低く唸るような声がする。カイド相手に、被害を出さずに戦うのは無茶だと思うが、キャルにとってはありがたい。

痛む腕を動かして、どうにかマントを掴む。

どこかに、薬が入っているはずだ。

腕を少し動かすだけでも激痛が走る。カイドの方を気にする余裕もなく、必死でポケットを探る。

その中に痛み止めを見つけてホッとした。

水がないため、噛んで喉に流し込む。……味の改良に真面目に取り組もうと思う。

動けないほどの激痛ではなくなった。だけど、決して忘れてはならない。キャルの体は、痛み止めなしには動けないほど傷んでいるのだ。

無理をして肋骨が肺を突き破るようなことがあったら手の施しようがない。

でも、カイドの邪魔にならないように、逃げられる準備をしておかなければならない。

「なぜ、結界を破ることができた？」

魔法使いがイラついたような声を出した。彼が初めて見せた、感情らしい感情だ。

そんなことを知らないカイドはニヤリと笑い、胸を張る。

「いい魔法書を持っているんだ」

「——それは、私のものだ」

マルクの低い声が響き渡る。

決して大きな声ではなかったのに、心の底から冷え込むほどの暗くて恐ろしい声。

さっきも思ったが、何にも興味がないような顔をした彼は、屋敷や財産などの話になると、途端に執着を見せる。

「下賤な血を持つ貴様らごときが、このアルスターク伯爵家の財産を得ることは許さない」

マルクが魔法使いを振り返って、彼のローブを頭から払い落とす。

「もう擬態する必要はない。早く女を消せ」

露わになった頭部は……額にあたる場所に第三の目があり、皮膚は緑色をしている。

上部に行くほど緑色が濃くなり、毛は一切生えていない。睫だって眉毛だって、全く生えていないのだ。

キャルは、その姿から目が離せなかった。

あの姿は、なんだ。

キャルの知識の中にはない。気配が魔物のものだとは思ったけれど、人間の言葉を解し、人間に擬態する魔物なんているのだろうか……？

ローブを払われたことに驚いて魔法使いがマルクを見る。それを睨み付けて、マルクは言う。

「何か文句でもあるのか？　お前をここに留まらせているのは誰だと思っているんだ？　——男はいい。女だけだ。あいつを確実に殺せ！」

さっきまで確かに人間だったはずのものは、床に這いつくばって、四足歩行になっている。どんどん人間の形が崩れて——あれは、カエルだ。

その魔物は、カイドには目もくれず、キャルの方に飛んでくる。

カイドが魔物に向かって剣を振り下ろすが、つるんと滑って床に突き刺さってしまう。

ほとんど服を着たカエルの姿になった魔物は、キャルに飛びつこうとして——その直前で結界に阻まれた。この短時間で、カイドはキャルに結界まで施してくれていたのか。

カエルは結界があるにもかかわらず、ぐいぐいと前に進もうとする。

「キャル、目を閉じろ」

カイドの鋭い声を聞いて、キャルは素直に目を閉じた。

人間サイズのカエルが斬られて内臓が飛び出るところは見たくない。

しかし――

ガキンッ！

意外に硬い音がした。

カイドの舌打ちが聞こえて、その後、何度か同じ音がする。

キャルは気になって、そうっと目を開けた。

目の前にいたのは、さっきと違い、真っ黒に変化したカエル。ぬめぬめした感じではなく、つるりと黒光りしていて弾丸のようだ。

カイドが剣を構えて呪文を唱え始める。

同時に、カエルが舌を伸ばす。

ぐにゅんと曲がった舌で結界を端(はし)から舐め始めた。

舌がキャルの体に絡みついてくるようで、すごく気持ちが悪い。

カイドの剣が青く光る。

その剣から放たれた光が、カエルの体を直撃したのが見えた。

紫に近い色の血が飛び散る。

しかし、舌の動きは止まらない。どうにか結界のほつれを見つけようと、うごめいていた。

痛みを感じないのか、どれだけ攻撃されてもカイドを無視して、キャルだけを標的と定めている。表情のない大きな両目と、その間にある小さな目が、キャルをずっと捉え続けていた。

言いようのない不快感が、ぞわっと背中を駆け上がる。

「キャル！　痴漢撃退薬はあるか？」

「ある！」

カイドの声に、反射的に返事をした。

彼が一瞬で作り上げた結界だ。頑丈に作られたものでないことは分かっている。

急を要する事態なのだと、キャルは必死で素早く動いた。

「伏せろ！」

言われた通りに伏せたまま、懐を探って痴漢撃退薬を取り出す。それを上向きに放り投げた。

ズシャアアァァッ！

頭の上でものすごい音がして、生ぬるい液体がぽたぽたと落ちてくる。

うう。無事でよかったけど、顔を上げられない。どうなっているのか見るのが怖い。

「グエッグエェ」

上かと思ったら、横だった。

カエルがキャルの横に転がって苦しんでいる。痴漢撃退薬をまともに吸ったのだろう。息ができないようで、ぴくぴくと舌を動かしていた。ただ、目玉だけが変わらずこちらを捉えている。

恐怖で動けないキャルの視界を遮るように、カイドが前に出てくる。そしてカエルに剣を突き立てた。

カイドが何かを呟くと、カエルはずぶずぶと溶けていった。

「なんてことだ、壁に傷がっ！」

キャルの背後では、マルクがひどく慌てて壁を調べている。

「床に穴が開いているではないか！」

カエルのことなど忘れてしまったかのように、彼は屋敷の被害を調べ回っていた。

カイドはハッと蔑むように息を吐いてから、キャルの傍に膝をつく。

「魔力の回復薬、あるか？　このままじゃ治癒魔法をかけられない」

聞けば、結界を破るには例の魔法書に書かれた魔法を使うしかなく、それを使った時点で半分以上の魔力を消費していたという。

あの魔法書に載っている魔法は高度なものが多く、そもそも結界の解除など細かいことが苦手なカイドは、非常に魔力を消費してしまうらしい。

疲れすぎて床にうずくまったままのキャルを、彼が心配そうに覗き込んでくる。キャルより彼の方が、余程疲れた顔をしているのに。

キャルが手渡した薬を苦い顔で飲み下して、カイドは彼女に治癒魔法をかける。

ようやく起き上がれるようになって、立ち上がったところで、キャルはマルクと目が合った。

「お前ら、この屋敷を傷つけるとは何事だ！」

目玉がぐるぐると回って、どこに視線を向けているのか分からない。

明らかに異常だ。

「屋敷よりも、さっきまでここにいた魔物のことを気にするべきじゃないか？」

カイドがキャルを背中にかばいながら、慎重に剣を構える。

「魔物？　ははっ！　あれは魔物などではない。海の向こうから伝わる、素晴らしい技術の賜物だ！　このアルスタ－ク伯爵だからこそ手に入れられたものだぞ！」

彼は懐を探ると、手のひらサイズの細長いものを取り出した。泥を固めたようなものだが、キャルの知らない物質でできている。何かは分からないけれど、すごく気持ち悪い。

「あれ……嫌だ」

無意識に、そう呟いていた。

その声を聞いて、カイドがキャルの周りに結界を展開する。そして攻撃の準備をするが、それよりも早くマルクが泥のようなものを両手で折るように割った。

バキッ。

想像よりも軽い音を立てて割れる。その中から、どろりとしたものが出てきて、ぼとりと絨毯に落ちる。

「カイド、カイド！　だめ、あれ、さっきと同じ！　お願い。結界の中に入れないで――！」

泥のようなものはきっと、あれの殻だ。出てきた瞬間に分かった。さっきのカエルと同じ、魔物でも人間でもないもの。

ひどくグロテスクで、危険だ。

「……回復薬は、あとどれだけある？」

「も……もう、ない」

全身が震える。心の奥底にこびりついた、虐げられた日々の記憶。耳の奥にこびりついた、『役立たず』という声。それらが一気に蘇る。

キャルが怯えている間に、どろりとした物体はぶるぶると震えながら大きくなっていく。今度は無理に人間に擬態する気はないようだ。最初から……トカゲの形をしている。

キャルの様子に気が付いたカイドは、大丈夫だと微笑む。

「それならそれで、別の戦い方がある。心配するな」

大きく跳躍し、剣を一閃する。

カイドが放った斬撃はトカゲの成長を少しだけ邪魔したが、それ以上のダメージを与えた様子はない。トカゲの頭がぐりっぐりっと動く。

「カイド！」

ああ、自分はなぜ薬を持っていないのだ。いつも大量に持ち歩いているくせに。

カイドは、繊細な魔法が得意ではない。にもかかわらず、キャルを助けるために結界を破ってくれた。

彼は昔の仲間とは違う。魔力はほとんどなくなっているかもしれない。

むしろ正反対なのに、怒られるかもと身構えてしまった自分が情けない。

キャルは何かないかとマントを漁って、中身を外に出していく。

しかし、それらは薬草だったり石ころだったり、素材のままの状態で、今すぐ薬に変えることはできない。

カイドが剣でトカゲに斬りかかる。それと同時に、トカゲのしっぽがビュンと回って、カイドを背後から襲った。

だがカイドは予想していたようで、その攻撃を寸前でかわし、また剣を構えた。さっきから一度も魔力を使っていない。

やっぱり、魔力が残ってないんだ——

自分にできることといえば、薬を作ることと、『探索(サーチ)』と収集だけ。こんな自分が、どうやって彼を助ければいいのか。

必死で周りを見回しながら考える。

すると、マルクが真っ青な顔で、カイドが蹴って壊した壁やテーブルを見ていた。

そこでキャルは気付いた。カイドと違ってトカゲは、家を傷つけないようにしている。

その存在の不気味さに似合わず、随分(ずいぶん)とマルクに忠実なようだ。

「カイド、家を壊して！」

キャルが叫ぶと、カイドは攻撃の方向を変え、窓に向かって剣を振り下ろした。

ガシャアァァン！

派手な音と共に窓ガラスが割れて、窓枠までもがバラバラになる。

「なっ……な、なっ、貴様、何をするっ!?」

悲鳴のような声でマルクが叫ぶ。

その声に煽られるように、カイドは壁に攻撃を加えた。

すると、トカゲが家を守るようにカイドの前に飛び出し、直接攻撃を受け止め始めた。

しかし、その体はカエルと同様、黒く変色していき、剣を通さない硬さになっていく。

それなら次は――

そうキャルが考えていた時、マルクがキャルを守る結界に強く片手を打ち付けた。

「お前が、この家を破壊しようというのかっ!?　お前は何様のつもりだ。この家の主人か？　ふざけるなふざけるなふざけるな！」

がんっがんっと何度も叩いたところで、さすがに素手ではカイドの結界は破れない。

マルクは目を血走らせ、憎悪を込めてキャルを睨み付ける。

「お前になど、渡さない！　この下賤な者め！」

どうしてここまで憎まれているのか分からない。

ただただキャルが憎いのだと、彼の全身が訴えていた。

そこで突然、マルクが両手で結界に触れる。その手は真っ黒で、どうしたのかと思えば——

　ぱりん！

　カイドが作った結界が、軽い音と共にはじけ飛んだ。

「う……そ」

　今、何が起こったのか分からない。

「ははっ！　あはははははっ！　死ね！」

「キャル！」

　結界が破られたことに気付いたカイドがキャルに走り寄ろうとする。だが、巻き付いてきたしっぽに足を取られてしまっていた。

　キャルも驚きすぎて、逃げるのが遅れてしまう。

　その隙に、マルクは大声で笑いながらキャルを捕まえた。

　首を両手で掴まれ、ぐっと絞められる。どうにか逃げようと試みるが、彼の腕はびくともしない。

　——息が、できない。

　体に力が入らず、カイドの声が遠くに聞こえる。

　彼が、トカゲに捕まった自分の足を切り落としたのが見えた。片足を引きずりながら、キャルに駆け寄ろうとするが、今度は腕に噛みつかれる。彼は煩わしそうに眉をひそめて、噛まれた腕とは反対の腕を振り上げた。

だめ……！

声を出したかったのに、キャルの喉からは吐息さえ漏れることがない。

キャルはふらふらと手だけ伸ばして、その手をマルクの首にかけた。

「なんだ、仕返しでもするつもりか？　ははっははは！　その細腕でどうするつもりだ！　お前はもう死ぬ、だ……け…………？」

マルクの喉から、引き攣れたような声が漏れる。彼は目を見開いて、急に力が抜けたように手を緩めた。

突然解放されたキャルは、せき込みながらも、手をマルクの首から離さない。

視線だけをカイドに向けて、大きく頷いてみせた。

――大丈夫。

カイドは一瞬、くしゃっと顔を歪めたが、すぐにトカゲに向き直る。

マルクが思い切り頭を振ってキャルの手から逃れた。そのまま後ろにバタンと倒れる。

彼は喉を押さえて、ひゅーひゅーと音をさせながら、信じられないという目でキャルを見ていた。

キャルはマルクに手を伸ばしたまま、収集の力を強める。

先ほどからマルクの周りの空気を収集しているのだ。

空気はいくら収集しても、密閉空間でない限り、その隙間を埋めようと流入してくる。しかし、一時的に空気の薄い状況を作ることはできる。特に、首まわりの呼吸器官が集まる部分を、そのような状態にした。

真空になるほど素早くはできないが、マルクの様子を見れば、息ができていないことは一目瞭然だ。

そこで突然、ドアがノックされる。

「お父様？　すごく大きな音がしたわ。どうされたの？」

カエルが死んだことで、この部屋にかかっていた結界は完全に解けた。物音を聞いたリリーが、なんの騒ぎだと駆けつけてきたのだろう。

「失礼します」

返事がないことを不審に思ったのか、リリーがドアを開ける。そして、そこに広がる光景にハッと息を呑んだ。

「お……お父様!?　キャル？　何をしているの？　警備の者まで……？」

リリーに気を取られて、キャルは収集を中断してしまった。

途端に、マルクが苦しそうにせき込む。

リリーがマルクの傍に駆け寄り、必死に話しかけ始めたので、収集を再開するのはためらわれた。

マルクはせき込んでしゃがれた声のまま、キャルを指さして叫ぶ。

「殺せ！　その女を殺せ！」

半狂乱で叫ぶマルクを見て、リリーは目を丸くして固まっている。

「誰でもいい、殺した者には褒美を約束しよう！　望むもの、なんでも与えようじゃないか！」

「お父様⁉　どうされたのです⁉」

今にも自分で殺しそうな勢いに、リリーは我に返ってマルクを止めた。

困惑するリリーに、何も説明できない。そもそもキャルだって、どうしてここまで憎まれているのかよく分かっていないのだ。

その時、バキッと大きな音が響いた。

慌ててそちらを振り返ると、カイドが壁にぶつかって崩れ落ちているところだった。

どうやら、片足を失くしたばかりに上手く避けられず、しっぽの攻撃をまともに食らったらしい。

「カイド！」

「来るなっ！」

思わず叫んだキャルに、カイドが叫び返す。彼の口から、血がこぼれ落ちていた。内臓を損傷しているのかもしれない。

すぐに処置をしなければいけないのに、トカゲは変わらずそこにいる。

勝利を確信したのか、嬉しそうに一歩を踏み出した。

——その瞬間。

トカゲが謎の光に包まれたかと思うと、繭のようなものに閉じ込められてしまった。

首だけは出ているものの、身動きが取れない状態だ。

グロテスクなトカゲを包んでいるというのに、繭はキラキラと輝き、妙に美しい。

その繭をポカンと眺めていると、崩れた窓から、ひょいと人が入ってくる。

「やあやあ。これはどういう状況だい？　カイド、こんなところに足があるぞ。なんだ、切れてしまっているではないか」

オーレリアンは、部屋の中心に転がっていた足を指さし、ひょいっとカイドの方へ飛ばす。

足はまるで意思があるかのように飛んでいき、カイドの体にくっつく。

「ぐあっ！」

くっついた瞬間、カイドが叫び声をあげた。

「ああ。くっつけるのを優先して、痛覚を無視してしまったよ。はっはっは。先に言ってくれたら、僕ほどの魔法使いならば無痛にできたのだがね！」

悲鳴をあげてしまったことが悔しいのか、カイドが顔をしかめてオーレリアンを睨み付ける。

だけど、今はそんな喧嘩をしている場合ではない。

「オーレリアン様」

そう呼びかける声が震えてしまった。

「なんだい？　ああ、僕に会えて感激しているのだね？　ふっ。泣くことまでしなくてもいいではないか」

言われて初めて気が付く。キャルは懇願するように手を合わせ、涙を流していた。

「カイドが……血を吐いています。多分、内臓を痛めつけられたのかと。治癒魔法を、お願いできますか？」

キャルの言葉に、オーレリアンは眉をひそめた。

そして、すたすたとカイドに近づく。

「なんて情けない姿だ。攻撃を受ける前に防御の結界を張れなかったのかい？……って、魔力もほとんど残ってないじゃないか」

オーレリアンが掲げた手から白い光が発せられる。

いつもの自信過剰な笑顔を消し去り、口の中で小さく呪文を唱えているようだ。通常は呪文なしで魔法を行使しているので、今回はとても丁寧にやってくれているのだろう。

その証拠に、光が消えた時、オーレリアンは大きく息を吐いた。

「悪い。ありがとう」

カイドにも、オーレリアンが特別なやり方をしてくれたことが分かったのだろう。口元を拭いながら頭を下げた。

「君をここまで痛めつけるなんて……あの、得体の知れない物体のせいかな？」

繭の中でトカゲが暴れているようだ。キラキラ光るそれが左右にドタンバタンと動く。

オーレリアンは、そちらに近づいていき、威嚇するトカゲの頭に触れた。

「……わが国では禁止されている術の類だね。これは、どういうことか説明していただけますよね、アルスターク伯爵？」

彼は振り返って、屋敷の主人を見た。

「私は伯爵家の主として、盗人を排除しようとしただけだ！　何が悪い！　誰でもいいから、その女を殺せと言っているだろう！」

身分の高いオーレリアンに話しかけられているというのに、マルクは大声でわめき返していた。

今は逆上して理性が全く働かない状態なのだ。

その様子を見て、会話にならないと判断したのだろう。オーレリアンはカイドを振り返って、トカゲの方を示した。

「あの繭（まゆ）を消すから、トカゲを土に還してくれるかい」

「ああ」

軽く頷（うなず）いて、カイドはトカゲに近づく。

繭（まゆ）が消えたと同時に、カイドの剣でトカゲは真っ二つになり、どろりと溶けていった。

あまりにあっさりとした結末に、キャルは呆然とその光景を眺めた。カイドがあんなに苦戦したのが嘘のようだ。結界を壊した時点で魔力を限界まで使っていたのだと、改めて思った。

——終わった。

キャルは安堵（あんど）して床に座り込んでしまう。

だが、マルクはトカゲが消えてもわめき続けていた。キャルが全ての元凶だと叫びながら、半狂乱になっている。

「お父様？　どうされたの？　キャルを殺すことなどできないわ」

「お前は知らないのだ。あの女の恐ろしさを！　全てを奪いに来る。全てが奪われてしまう。私のものなのに！　ひいてはお前のものだというのに、あの女は卑しい庶民の分際で、全て持っていってしまう気なのだ！」

　キャルが全て持っていってしまう？

　そんなことあるはずがない。リリーも、キャルの顔を見て首を傾げていた。

　マルクの前に、オーレリアンが進み出る。

「彼女……キャル・アメンダにも相続の権利があるということですか？」

「ちがう！　そんなわけはない。俺は必死だったんだ。必死で伯爵になるために努力を積み重ねていた……なのに、あの女は俺の邪魔をしやがって。俺のものを奪おうとしやがった。父を篭絡して遺産を相続しやがったんだ。あの売女め……！」

　マルクの発言に、その場にいる全員が目を見開く。

　あの女とは、キャルではなくエリーのことなのだろう。

　これではまるで、エリーが正式な相続人だったようではないか……？

「認めない。俺は認めない！　子ができないくらいなんだ！　俺のものなんだ。ずっと前から俺のものだったはずなんだ。ああ、父様なぜですか？　俺、俺は……こんなにも……！」

　呆然としながらも、リリーが口を開く。

「お父様、それは……エリー・アメンダが、正式な相続人だと……？」

「それは違うっ！」

　傍に座り込んでいたリリーに、マルクが掴みかかる。リリーの両肩を押さえ、目をギラギラさせて大きな声で叫ぶ。

「エリーは悪魔だ。だから殺した。殺したはずなのに、生きているわけがないだろう？　その女は偽者だ。早く殺せ」

　言っていることが支離滅裂だ。

「恐らく、エリーは……君のお母さんは殺されかけたのだろうね。だから、あの魔法書だけ持ち出して、逃げたのだよ」

　オーレリアンがキャルを見ながら首を横に振った。

「だが、彼は殺したと思い込んでいたのか。なるほどね。エリーに追手がかからなかったことを、ずっと不思議に思っていたんだ」

　伯爵家の警備はかなりの人数がいる。すぐに追えば、エリーを捕まえられたかもしれない。

しかし、誰も追おうとしなかったし、それどころか、エリーは元々存在しなかった人間として扱われたのだ。

相変わらず「殺せ」と同じことを言い続けるマルクを見て、リリーは立ち上がった。

そしてマルクの目の前で、ダンっと大きく足を鳴らす。

「情けない！」

その姿が衝撃的だったのか、マルクの叫びが止まる。

リリーは高慢に腕組みをして、マルクを見下ろす。

「それでも、アルスターク伯爵家に生を受けた者ですか！　貴族として生まれたならば、どのような場面でも正気を失わず、堂々としていなさい。そうでなければ、領民はついてきません」

リリーは、気高く美しかった。

たとえ貴族でなくなったとしても、きっと、今と同じように振る舞うだろう。

自分は、そのように教育を受けたと、胸を張れるに違いない。

マルクの表情から狂気が消える。そして、彼はそのまま力が抜けたように動かなくなった。

リリーはちらりとキャルに視線を走らせる。

目が合った途端、キャルは必死で首を横に振った。リリーの言いたいことは分かったが、自分が正式な相続人だと主張するなんて、そんな大それたことは考えていない。

ただ、母の遺品を自分のものだと認めてほしかっただけだ。

リリーが、泣きそうな表情で微笑む。

彼女は使用人を呼びつけて、マルクを休ませるために別の部屋へ連れていかせた。

オーレリアンがカイドの方に向き直り、にっこりと笑う。

「では、拘束させてもらおう。暴れるなよ、カイド。暴れたら……サシャを代わりに投獄するからね」

「なんでですかっ⁉　リーティアス様、面白がって暴れないでくださいよっ？」

いつの間にか来ていたサシャが、泣きそうな声で言った。

拘束といっても、事情聴取をするだけだろう。それは仕方がない。

キャルは素直に頷（うなず）いた。

オーレリアンはマルクから事情聴取するらしい。

こうしてカイドとキャルは、サシャを筆頭とした城の衛兵たちに囲まれて、取り調べを受けることになった。

——そして、翌日。

書物は、エリーのものであると証明された。そしてエリーが亡くなった今、キャルが正式な持ち主だと認定された。

——だけ、だったらよかったのだが。

「は？」

キャルは耳を疑った。今はカイドと並んでソファーに座り、オーレリアンから結果の報告を聞いているところだ。周りには彼の部下たちもいる。

「僕には最初から分かっていたよ！　君の母親が無実だってこともね！　でも証拠がなかったから、僕の手を煩わせないために証拠を集めてくれていたんだろう？　君たちの献身に感謝す……うわ、カイド、何をするんだい!?」

オーレリアンが慌てて飛びのく。彼が座っていたところに短剣が突き刺さっていた。

「さっさと続きを言え」

「乱暴だね。短剣を投げて話を遮るなんて。僕の声だけでも聞きたいという人は、それこそ星の数ほど——いや、分かったから！」

今度は頭をめがけて飛んでいった短剣が、空中でぴたりと止まる。

「とにかくキャル、君がアルスターク伯爵家の正統な跡継ぎだ」

オーレリアンがさっきと同じことを言う。だがキャルは彼らの会話など途中から全く耳に入っていなかった。

昨日オーレリアンは、ほぼ錯乱状態のマルクから遺書の在り処を聞き出せなかったらしい。しかし、リリーが率先して金庫の鍵を見つけ出し、その金庫の中から遺書が見つかったという。

あっさりと見つかった遺書に、キャルは少し拍子抜けしてしまった。もっとすごいところに隠しているかと思っていたのだ。

その遺書には、伯爵家の遺産は全てエリー・アルスタークに譲ると記されていた。また、アルスターク伯爵の称号は、エリーの夫に譲るとも書いてあった。

「つまり、アメンダ元医術士局長がアルスターク伯爵としての身分を継承しており、彼の亡き後は、唯一の娘であるアメンダ嬢が伯爵家と財産の正統な相続人になるわけだ」

キャルの思考は、全てを受け入れることを拒否していた。

伯爵？　継承？　正統な相続人……

イードン・アルスターク前伯爵には、子供が一人しかいないことになっているらしい。

エリーは、前伯爵夫人の強固な反対により、伯爵家の戸籍に正式に登録されていなかったのだ。

だからイードンが亡くなり、エリーも行方不明になった時点で、遺書さえ隠せばマルクが伯爵になることに疑問を持つ人間などいなかった。

そうして遺書は、闇に葬り去られたかに見えた。

しかし、貴族が正式な遺書を残す時は、特殊な魔法が使用される。それを勝手に処分してしまえば、筆頭魔法使いたるオーレリアンにはバレてしまうらしい。

だからこそ、自分の全てを奪う遺書だと知りながら、マルクは大切に保管しなければならなかったのだ。

彼は、遺書が見つかることをずっと恐れていた。ゆえに仕事に没頭し、他のことを考える暇がないほど、アルスターク領のことだけを考え続けた。

「マルク・アルスタークは伯爵家を自分の手で守りたいと考え、その考えに固執するあまりに、違法な術式を用いた」

それが、魔力がなくても発動できる魔法陣。黒魔術とも呼ばれるそれは、自分の寿命や体と引き換えに望んだものを手に入れられるという術だ。

彼は寿命の大部分と、死後の体の所有権を、黒魔術の対価にしてしまったらしい。

だからこそ、あの人間のようなカエルの魔物を魔法陣から生み出すことができたのだ。

「あそこまで派手にやったんだ。彼はほぼ……正気を失っている。あとは、残り短い余生を牢獄で過ごしてもらうしかない」

あの力は、魔力を持たない彼の命を削って生み出された。

そこまでしてでも、彼はキャルを排除したかったのだ。

「リリーは……どこに、いますか」

伯爵家のことについては考えたくなくて、ふと思いついたことを聞いてみる。

聞いた途端に、本当にどこにいるのだろうと心配になった。

「そうだ。リリーはどこに？　今朝は一度も見ていないんです！」

あの遺書の内容にショックを受けたのではないか。今まで忘れていたことに、罪悪感が湧き上がる。

「ああ、彼女か。昨日、伯爵の書斎へ来る前は、薬か何かのせいでぐっすり眠っていたそうだ。その後は深夜まで協力してくれたが、薬が体に残っていたのか、今朝はまだ寝ている」

オーレリアンは興味がなさそうに言う。昨日、彼の部下がリリーにも事情聴取を行ったが、何も知らなかったようだと分かり、無事に解放されている。

「まだ、彼女の今後については何も話していない」

「……そうですか」

今回の事態を、どう思っているのだろうか。それよりも、彼女は今後どうなるのか……

「キャルがいらないんだったら、彼女に譲(ゆず)ればいいんじゃないか？」

同じく興味なさそうに聞いていたカイドが、クッキーをかじりながら言う。

「……は？」

「本だけもらって、他は全て彼女に譲(ゆず)ればいい。所有者であるキャルが言うなら、別に構わないだろ」

それでいいの⁉　と聞く前に、オーレリアンが立ち上がる。

「なんてことを言うんだ！　アルスターク伯爵領といえば、他国からも珍しいものが舞い込んでくる土地で、知識の生まれる場所とも言えるんだよ⁉　それを、易々(やすやす)と他人に渡すだなんて！　だったら僕が欲しい！　アメンダ嬢、是非僕と結婚して……ぐえっ」

今度は短剣ではなく、カイドの拳(こぶし)が飛んだ。魔力を纏(まと)わせて、確実にダメージを与えたようだ。

国の要人にそんなことをしていいのだろうか。

ちらりと周りを見回すと、サシャはいつものことだが、みんな見て見ぬふりをしている。きっと、いつも苦労をかけられているのだろう。

「彼女は正式に養子になっているのだから、キャルの従妹だろ。何も問題ない」

リリーが従妹……！

思っても見ないところから、キャルとリリーの新たな関係が生まれた。

「げほ。ちょっと、力が入りすぎではないかな。僕の繊細な体が傷ついては世界の損失だと理解してくれたまえ。それに、爵位はそんなに簡単には譲れないよ」

一番重要なことを付け加えるように言わないでほしい。

というより、重要でない言葉が多すぎる。

「キャルは爵位は継いでいないだろう。アメンダ元医術士局長が継いでいたとするなら、彼の亡き後、伯爵位は空位となっているはずだ。継ぐ権利があるとすれば、義弟であるマルクだろう？」

この国では、女性は爵位を継げない。

爵位を得ていた人間が亡くなって、それを継ぐ息子がいなかったならば、娘の婿が継ぐことになる。その婿にあたるサタルも亡くなった今、爵位を継げるのは義弟のマルクだけだった。

「そっか。そうしたら、今のアルスターク伯爵様が伯爵のままでも構わないってこと？」

「そうだな」

「だめだよ！」

オーレリアンの叫びを無視して、キャルはあっさり言う。

「そっか。じゃあ、それでお願いします」

「僕の声は届いていないのかい⁉」

「よかったな。解決だ」

「うん。じゃあ、コロンに帰ろうか」

「ちょ……！　まさか、本当に本だけ持って帰る気かい⁉　全ての後処理をサシャに押しつけて⁉」

「なんで僕⁉」

カイドのお茶のおかわりを準備していたサシャも巻き込んで、大騒ぎになってしまう。

騒ぎすぎて、執事のリコから「お引き取りください」と全員追い出されてしまった。

一週間後、キャルはまだアルスターク伯爵家で侍女として働いていた。

いや、本来はキャルもこのアルスターク伯爵家の縁者だということで、お世話をされる立場になっているはずだが、リリーだけはキャルへの接し方が変わらないのだ。

つまり彼女の指示で、普通にお茶の準備をさせられている。

アルスターク伯爵の爵位問題について国王の判断を仰いだり、財産分与をどうするか決めたりと、問題が山積みなせいで、まだここから離れるわけにもいかない。

「また私に会いに来てくださるなんて！　キャル、分かっているわね？　例のものを準備しなさいよ！」

オーレリアンは、二日に一度の頻度でアルスターク家を訪れている。

結局、カイドが言った通り、伯爵位はマルクに譲られたということになりそうだ。

紆余曲折があったものの、正統なる相続人であるキャルが財産を望んでいないことと、今さら別の人間が伯爵になっても領民の理解を得られないだろうということで、それが最善とされた。

ただし、禁止された術式を使用したことと、遺書を隠していたことで、マルクはいずれ爵位を剥奪されることになる。

とはいえ、様々な事情を考慮して情状酌量され、王都の牢屋ではなく、この屋敷で余生を過ごすことが許された。

アルスターク伯爵の位は、リリーの配偶者が決まるまでは空位となる。ゆえにリリーは、早急に結婚相手を見つける必要に迫られていた。

その相手として目をつけ……もとい、有力候補とされているのがオーレリアンだ。

彼が来るたびに、キャルは薬を盛るようにと指示される。ただし、オーレリアンは口に入れる前に全ての食べ物を魔法で検査しているので、無駄だと思うが。

無駄だと分かっていながら、キャルはうやうやしく頭を下げる。

「例のものですね？　もちろんでございます」

準備だけなら、いつでもできる。リリーが身支度に手間取っている間に、オーレリアンのもとへお茶を運んでいく。

彼は悲しそうにお茶を見てからキャルを見上げた。

「僕、毎回薬を盛られてるみたいなんだけど。アメンダ嬢、君のしわざかい？」

「さあ？　私には分かりかねます」

オーレリアンから胡乱げな視線を向けられても、明らかにキャルのせいだとバレていても、素知らぬふりを続ける。

だが一度部屋を出て、お茶のおかわりを持って戻ったところで、今度はリリーに捕まった。

「ちょっと！　オーレリアン様には効かないわよ!?」

すでに三回は薬を盛っているのに、効果が得られていないため、キャルに掴みかかってくる。

「口に入れてもらえれば、それなりに効きますが、その前に検査されちゃいますからね」

筆頭魔法使いがあっさり薬を盛られたら、それこそ問題だ。

リリーも気が付いていたのか、悔しそうに眉根を寄せている。

「じゃあ、最終手段の……あれ！　ちょうだい！」

「あれ？」

「男性の……その、性的興奮を促（うなが）すやつよ。香水タイプにしてね」

「あれ⁉」

ぎょっとするキャルに、背後から声がかかった。

「キャル、そんなものを作っていたのか」

「カイド、どこから現れたの⁉」

カイドはもう警備の仕事はしていない。アルスターク家の魔法書を欲しいだけ持っていっていいとリリーからお許しが出たので、図書館にいることが多かった。

「ないっ！　そんなものはないよ！」

本当は、前医術士局長のスラガが作っていたマムシという薬を改良しているのだが、今はまだ実用化できる状態ではない。

キャルが否定の声をあげた途端、リリーは目を吊り上げて睨（にら）んできた。

「そんなこと言っていいの？　……バラすわよ？」

バラす？　すでにリリーに嘘を吐いていたことはバレているし、ここにいるのはカイドだけだし、これ以上バラされたくないことはない。

きょとんとするキャルを細目で見据えてから、リリーはカイドに視線を移す。

「あなた、惚れ薬を盛られているわよ。キャルへの気持ちは、作られたものかも……」

「ちがっ……！」

そうだった！　そんな嘘なら吐いていた！

慌てるキャルを、カイドが満面の笑みで捕まえる。

「なんだと？　キャル、そんなに俺に惚れられたかったのか？　言ってくれれば、もっと愛情表現を……」

「ちがうぅ～～！」

あろうことか、使用人が多く行き交う廊下で抱きしめられて、キャルの顔から湯気が出そうだ。

「あら。それでいいの？」

「もちろんだ。どんどん盛ってもらって構わない。……そうか、さらに愛を深めろということか」

「ちがうのおぉ」

リリーはなぜか感心したように頷いて、「頑張ってね」とキャルに手を振った。

そして、カイドの腕の中から逃げられないキャルを置いて、オーレリアンの待つ部屋へと戻ってしまう。

キャルもカイドを引きずりながら無理矢理リリーについていく。まだ一応、お茶の準備はキャルの役目なのだ。

背中にカイドをくっつけたまま入室すると、ソファーに座った二人から呆れた視線が飛んできた。

しかし、カイドがくっついているのは、キャルのせいではない。ってことは、この視線は背後にいるカイドに向けられたもののはずだ。キャルに向けられたものではない。絶対に。

そこでふと、オーレリアンが「そういえば」と声をあげた。

「忘れていたよ！　前回と今回の報酬を渡さないとね！」

「今回の？」

キャルは首を傾げる。前回の任務はまだしも、今回は何かしただろうか。疑問に思っていたら、オーレリアンが左手をくるりと回す。するとキラキラと綺麗な紙が降ってきた。

「この間は、違法薬物の摘発（てきはつ）に多大な貢献をしてもらったからね。そして、今回は真相究明のために素晴らしい働きを見せてくれた！」

「いらん。散れ」

カイドの手から、何かが現れる。

「やめっ……！　それ、シャレにならないんだよ！　君、その魔法をスキルアップさせるの、やめてくれるかな⁉　この認定書が破れてしまったら、報酬だってないよ？　ただ働きでいいのかい⁉」

オーレリアンの手には杖が握られ、それを素早く振っていた。

キャルには何が起こったのか分からなかったが、他の人に危険が及ぶようなことではないと願いたい。

「金はくれ。他はいらん」

「そういうわけにもいかないだろう？」

「いく」

わけが分からなくてただ眺めていると、オーレリアンがこちらを向く。

「アメンダ嬢！　君はいるだろ⁉　それともカイドの横暴（おうぼう）に耐えているのかい⁉」

横暴（おうぼう）？

「話しかけるな。ひっこめ」

「アメンダ嬢！　君はAランクになれるっ……うわ、ちょ、カイド！」

「ならなくていい」

今、とんでもない言葉が聞こえたような気がする。

「……Aランク？　私が……？」

ずっと、Eランクだと蔑(さげす)まれ続けてきた。

――その自分が、Aランクに。

「現在の薬師の最高ランクだ！　他にAランクの薬師など三人しかいないんだよ！　素晴らしいだろう？　トップクラスの薬師の仲間入りだ！」

視界の端(はし)に、リリーの驚いた顔が見える。

しかし、きっと自分の方が驚いているだろう。

「まあ、僕には君がいかに素晴らしい薬師であるか、最初から分かっていたけれどね。そのランクアップを君に伝える役目を負うことは光栄であると思うよ！　さあ、新しい冒険者カードを受け取……」

「いらん」

いきなり結界が張られて、オーレリアンの手が阻(はば)まれる。

「カイド、君には言ってないだろう⁉　あ、だから任務成功を報告しなかったんだな？　アメンダ嬢がAランクになるのが嫌だから……ぐわっ」

オーレリアンが飛んでいった。

あまり魔法を使わないでもらえないだろうか。近くに人がいるのに危ないじゃないか。キャルは、このままじゃいつまでもカードがもらえないと思い、オーレリアンのもとに取りに行く。さすがにキャルを妨害することはできず、カイドは不満そうな顔で見送った。

キャルの新しい冒険者カード。

そこには、Aという文字が燦然(さんぜん)と輝いている。

「Aランクなんて、邪魔なだけだ。今のままの方が絶対にいいのに」

カイドの呟(つぶや)く声が聞こえる。

だけど、キャルは嬉しい。

「……すごいわ」

リリーでさえ、感嘆(かんたん)のため息と共にキャルを見つめている。

Bランクでは得ることができなかった、本当の称賛。Aランクには、それだけの価値がある。

「ありがとうございます……！」

誰にともなく言ったお礼は、涙に濡れてしまった。

エピローグ

ようやく契約書ができあがり、リリーとキャルの間で伯爵家の財産分与について正式に決まった。

「本当にそれだけでいいの？」

リリーが眉を垂らして言うくらい、キャルの求めた取り分は少ない。

現在持っている本と、図書室への入室許可。これだけだ。カイドが持ち出す本は、後日きちんと返却することにしている。

キャル一人が持っていても、知識は広まっていかない。それでは、本としての意味がない。

とにかくこれで、ようやくコロンに帰ることができる。キャルは安心した。

――その矢先だった。

ノックの音がして、リコが顔を覗かせる。

「あの、アメンダ様、面会希望の方がいらしておりますが」

リコにアメンダ様と呼ばれるのは少し照れくさいなと思いながら、キャルは返事をする。

「私に？　どうして？」

面会を求められるような覚えがなくて、目を瞬かせた。

「Aランクの、しかも薬師だからだろ。治癒術と違って、薬は幅広い用途に使えるからな」

カイドが当たり前だと言わんばかりに答える。

幅広いの意味がいまいち分からないまま、キャルはソファーから腰を上げた。

「そういうもの？　ええと……どちらに？」

キャルがお客様のもとに向かおうとすると、リコが困った顔をする。

「あの……二組は直接会いに来られていますが、さらに面会希望の手紙が五通来ております」

「……へ？」

「申し訳ありません。当主不在の状態ではお断りするのが難しく、全ての方にお会いしていただきませんと」

「ええ？」

「この後も面会依頼は続くと思われますが、スケジュールを管理させていただいてもよろしいでしょうか？」

　よろしくない。貴族との面会で忙殺されるなんて絶対に嫌だ。

　キャルがひきつった笑顔でカイドを見下ろす。悠然とソファーに座ったカイドは皮肉げに笑った。

「憧れのAランクだろ？　頑張れ」

　カイドが反対していた理由。その一端を見た。

　キャルがリコに促されるまま歩き始めると、リリーが素早く立ち上がる。

「待ちなさいよ！　私の依頼の方が先でしょ!?　例の薬はまだなの!?」

「まだ諦めてなかったんですか!?」

　そんなやり取りの間に、今度は複数の足音が聞こえてきた。

「待ちきれんから、上がらせてもらったぞ」

「卑怯ですぞ。私の方が長い時間、待っていたというのに」

　上等な服を着た恰幅のいいおじさんが二人現れた。

「うわっ。えと、今は手がいっぱいで……」

「断るというのか!?　この私の依頼を！」

「だから、私が先だって言ってるでしょう!?」

いきなり怒り始めた人たちに、手が付けられなくなってしまう。

しかも、医者でも病気でもないと思しき人からの依頼って何!?

わけも分からずカイドを振り返ると、彼は『ほら見ろ』と言わんばかりに大きくため息を吐いて立ち上がる。

「……逃げるしかないな」

泣きそうになっているキャルを肩に担いで、カイドは窓枠に足をかけた。

「あ、ちょっと！　待ちなさい！」

「リリー、ごめんね、また来るね！」

「もう！　私はそっちには行けないのだから、たまには顔を見せに来なさいよ！　――従姉妹同士なんだから！」

初めて、リリーがそう認識してくれているのだと分かった。

「うん！」

キャルがぶんぶんと手を振り回すと、彼女は仕方がないというようにため息を吐いて振り返してくれる。

しかし、他の二人はそうはいかない。

「私を待たせておいて、どこに行く気だ！」

「話は済んでいないだろう！」

ざかざかと歩み寄ってくる貴族を振り返って、カイドが言う。

「申し訳ありません。彼女は私と一生を共にしますので、ご用があれば、私、カイド・リーティアスにご依頼ください」

キャルはカイドに担（かつ）がれているので、彼の顔が見えない。

だけど今、彼が言った言葉は……

――なんて考えている暇はなかった。

「じゃ、キャル。飛ぶぞ」

「へ？　ひゃ……あああぁぁぁあっ」

別のことに意識が向いていたら、いきなり落ちたので、悲鳴をあげてしまった。

着地したカイドがキャルを担（かつ）いだまま走り出す。

上の方で文句を言う声が聞こえるが、きっとリリーがなんとかしてくれるだろう。

それよりも、今は気になることがある。

「カイド、さっき、なんて……!?」

じわじわと顔が熱くなっていくキャルを見ながら、カイドは笑う。

「とりあえず、コロンに戻って町のみんなに『キャルをください』ってお願いしなきゃな？」

キャルに断られる可能性なんて考えたこともないのか、彼は当然のように言った。

「決定事項だろ？」

悔しいけれど否定なんてできないキャルは、真っ赤に染まった顔を見せないようにするだけで精一杯だ。

「キャル？」

返事をもらえなかったことに少々不安を覚えたらしい彼が、走るスピードを緩めてキャルの顔を覗き込む。

こんなの恥ずかしすぎるから、思わず顔を背けた。

「キャル………」

カイドの足が完全に止まって、なんだか悩んでいるような様子を見せる。

さすがに今の態度はまずかったか？　と思った時、キャルの頬をカイドの手が包み込む。

抱きかかえたまま顔を固定されて、いつも以上に近い距離に、キャルは目を丸くした。

「………嫌なのか？」

カイドの言葉の間に、妙な空白が多い。

そんなことが気になりながらも、彼への返事を探す。

「嫌っていうか……あの、だって」

すぐに『嬉しい』とか『はい』とかの言葉が出なかったのだから、仕方がないじゃないか。

キャルとカイドは妙な体勢のまま、道の真ん中にいる。まだ伯爵邸からそれほど離れていないので、こんなことをしている暇はないと思うのだが。

突然、カイドが鋭い顔つきになってキャルを見た。

追手(おって)が来たのかと思ったが、そんな気配はない。首を傾げてカイドに視線を向けると、彼は一度言葉に詰まって、大きく息を吸っていた。

あまり見ないその表情に、体調が悪いのかと思って、よく顔を見ようとしたら――

「ひゃっ……!?」

両腕でぎゅうっと抱きしめられて、キャルは悲鳴をあげた。

でも、そんな驚きも、彼の言葉に呑み込まれる。

「好きだ。俺と一生を共にしてくれ」

あまり直接的な言葉を言わない彼からのプロポーズ。何か返事をしようと思うのに、息が止まりそうで、結局何もできない。

カイドが舌打ちをする音がした。

「くそ、来やがった。こんな時に」

そうは言うけれど、こんな時に、こんなことをしていたのはカイドだ。

「返事は後でゆっくり聞く。走るぞ」

言うが早いか、カイドはまた猛スピードで走り始める。

キャルはカイドにしがみつきながら、それは無理だと思う。

後でゆっくりなんて、それまで待てるわけがない！

トップスピードで駆けているのに、落とされることはない。絶対的な信頼がおける彼の首に腕を回して、キャルは、彼にだけ聞こえる声で囁いた。

「嬉しい」

それだけ言えば、キャルを抱く腕に力がこもる。

そして――カイドの耳が、見たことがないほど真っ赤に染まった。

二十年前の恋のお話

多くの人が行き交う港町、イーシエ。エリーはこの街で育った。

多分、生まれたのもこの街だろうと思うが、どこで生まれたのかは知らない。物心つく頃には、孤児院で暮らしていた。

孤児院と聞いて多くの人が想像するような貧しい生活ではない。

イーシエは商人が集まる栄えた街だ。その分、働き手は多く必要とされるし、自分の生活のために一生懸命働く孤児は重宝される。

エリーも、孤児院で暮らす他の子供と同じように、気が付いた時には働いていた。

父のことも、母のことも知らない。『寂しいでしょうね』と言われても、最初からいなかったものを恋しいと感じろという方が無茶な話だと思う。

エリーは働きながらも、友人たちと文字や計算を学んだ。温かい布団と美味しい食事があって、それなりに幸せな毎日を送っていた。

そして十歳になった頃、エリーは薬屋で働いていた。

この街で一番古い薬屋だ。

エリーに調剤ができるほどの知識はない。しかし、薬草の香りと店主のシンシアが作り出す穏やかな雰囲気が気に入って、ここで仕事を始めたのだ。

街のあちこちに行って薬草を集めてきては、足の悪いシンシアに渡していた。薬草を採集してくるだけではなく、家事なども手伝うと、とても喜んでもらえるのが好きだった。

ある日、一人の薬師がシンシアの店を訪れた。

シンシアの薬は効能が高いらしく、各地の薬師が学びに来ることも多い。

彼——サタル・アメンダも、その一人だった。

サタルは王都の医術士局に勤める有望な若者で、海沿いに自生する貴重な植物を調べに来ていた。その際、この薬屋にも立ち寄り、様々な薬について聞きたいと言ってきたのだ。

「薬草が実際に生えているところを見たいのです」

サタルは困ったような表情で、大体の場所を知っていたら教えてほしいと言う。

店主のシンシアを押し退けて、エリーは胡散くさげに彼を見た。

「私の仕事を取る気？　それとも、ここらの薬草を根こそぎ持っていく気？」

十歳の少女に腕組みをして立ちはだかられ、サタルは目を瞬いた。

「ええと、そのどちらでもないよ。研究のため、少しは採りたいけれど」

エリーはサタルを頭のてっぺんからつま先までじろじろと眺め回して、お金に困っている様子ではないと判断する。そして、彼の体に染みついた薬草の香りが、薬師であることも嘘ではないと教えてくれた。

「……私の言うことを聞く？」

エリーには薬草を見つける能力がある。そのことをシンシアから聞いていたサタルは、にっこりと微笑んだ。ここでエリーの協力を得られるのは、非常に助かるだろう。

「もちろん。ここでは、君の方が先生だからね」

エリーは自慢げに胸を張って笑う。

「だったら、案内してあげるわ！」

そんな偉そうな態度にも怒らず、サタルは「ありがとう」とお礼を言った。

それからというもの、サタルが王都から訪れるたびに二人で薬草採集を行った。シンシアは、二人が一緒にいると兄妹のようだと笑っていた。

サタルと出会ってから、二年が過ぎた。たった二年の間に、エリーはぐんと背が伸びて、女の子らしくなった。施設の子は早く大人びるものだが、エリーは群を抜いて大人っぽい子であった。

いつものように薬屋に薬草を届けて、シンシアの代わりに部屋の掃除をしていると、外が急に騒がしくなった。

「エリー！　お客様だよ！」

そう言いながら走り込んできたのは、施設の小さな男の子たち。

エリーが弟のように大切にしている子供たちだ。

「お客様は、そんなふうに走ってきてドアを乱暴に開けたりしないわ。きちんとご挨拶をしなさい」

目を丸くするシンシアの横で、エリーは怒った顔で言った。

子供たちは両手をバタバタさせて、随分慌てているようだったが、エリーが睨み付けると、とりあえず落ち着いてシンシアに向き直る。

「こんにちは」

ぺこりと頭を下げる子供たち。その可愛らしさに頬を緩めながら、シンシアも挨拶を返した。

「こんにちは。今日はどうしたの？」

「あのね！　エリーにお客様が来たんだよ！」

大ニュースを発表するように、子供たちは腕を大きく広げて訴える。

「すごいんだよ！　大きな馬車が、エリーはいるかって聞いてきたんだ！」

馬車が聞いてきたわけではないと思うが、彼らは随分興奮しているようだ。

けれど、馬車に乗ってくるほどの客なんて、心当たりが全くない。

「私に？　わざわざ？」

どちらかというと、嬉しさよりも不安が勝る。

――きっと貴族様よね？　私、貴族様に何かしたっけ？

お屋敷の庭の隅に咲く、誰からも気付かれていない薬草を失敬したことはあるけれど、まさか、それがバレたとか？

「園長先生が、エリーを呼んでこいって言ったの！」

「……そう」

盗みにあたるとは思わずにやったことだが、よくよく考えてみれば、勝手に敷地内に入って草を採ってきたのだ。怒られることは間違いない。

だからって、わざわざエリーを探し出して叱りつけに来なくてもいいだろうに。

エリーは大きくため息を吐いて、シンシアに向き直る。

「ごめんなさい。戻らないといけないみたいです。また明日、来ますね」

まだ部屋の掃除はやりかけだ。本当だったら、その後に食事の準備もしようと思っていたのだが。

シンシアは笑って首を横に振る。

「私なら大丈夫よ。お手伝いの人が来てくれるわ」

子供たちはエリーの手を引いて、今にも駆け出しそうだった。

「早く！　エリー！」

「大きな馬車だよ！　すっごいの！」

どうやら、大きな馬車をエリーに見せたくてそわそわしているようだ。

「はいはい。引っ張らないで！　こけちゃうでしょ！」

エリーは子供たちに引っ張られるようにして、施設へと駆け戻る。

そこには、子供たちが興奮するのも分かるほど、立派な馬車が停まっていた。

しかも、その馬車に刻まれた紋章は……

「領主様っ!?」

そう、アルスターク伯爵のものだったのだ。エリーが忍び込んだあの屋敷はアルスターク家の別邸だったりしたのだろうか。

エリーは改めて震えた。

どんな罰を受けるのだろう。

「すごいでしょ？　すごいでしょ？　ねえ、ねえ、少しだけ乗せてもらったりできるかなあ？」

無邪気に跳ね回る子供たちをなだめながら、エリーはゆっくり建物へと歩いていく。

「お帰りなさい。エリー」

玄関から入ろうとしたら、園長がいそいそと出てきた。

仕事先から呼び出された上に、園長が玄関まで出迎えに来るって……どれだけ大事なんだ。

「ごめんなさいっ！」

とりあえず謝ってしまえとエリーは頭を下げた。

「え？」

戸惑う園長に、エリーは矢継ぎ早に言葉を連ねていく。

「私、何をしでかしたんでしょう？　やっぱり、勝手に庭に入って薬草採っちゃったことですか？　お店の試食品を食べすぎたこともあるけど、あれは別に罪じゃないですよねっ？」

「落ち着いて。エリー」

園長の低い声に、エリーは口を閉じる。

「今聞いたことについては、後でゆっっっっくり聞かせてもらうとして。呼び出した理由はそのどれでもないわ」

どれでもない。それってつまり――

「え……と、怒られるわけではないということですか？」

「そうね」

「…………」

しまったあ！　それなら言わなきゃよかった！

大いに後悔するエリーを、園長は客室へと連れていく。

そこには大きなソファーがあって、初老の男性がゆったりと座っていた。

この建物の中では一番高級感があるソファーだと思っていたのに、彼が座ると、途端にみすぼらしく見えてしまう。

「こんにちは。君がエリーだね？」

彼が纏う空気はそれだけ重厚感があって、思わず圧倒された。

「はい。初めまして。エリーと申します」

スカートを広げて腰を曲げ、丁寧にお辞儀をする。

ちらりと横目で見ると、園長が満足そうに頷いていた。

「すまないね。本来はこちらも立って迎えるべきなんだが、腰を悪くしていて、立ち上がるのがきつくて」

「いいえ、大丈夫です」

園長に促され、エリーは彼の向かい側に腰を下ろした。

怒られるかも……とビクビクせずにこのソファーに座ったのは初めてだ。

「私は、イードン・アルスターク。ここの領主をやっている。……知っているかな？」

名前を聞いた途端、エリーが背筋を伸ばすのを見て、声に笑みが含まれた。

馬車の紋章を見て予想はしていたのに、本当に領主様が目の前に座っていると思うと、途端に緊張感が増す。

声を出すことができずに、こくこくと頷くエリーを見て、彼は言う。

「そして、君の父親だ」

「……え？」

エリーは耳を疑った。冗談を言っているのかと思った。

しかし、彼は微笑むこともせず、真面目な顔で続ける。

「ずっと探していた。キャスリンが……君の母親が妊娠したことは知っていたんだ。だがその後、彼女は姿を消してしまった。ようやく見つけたと思ったら、すでに亡くなっていてね。しかし、彼女の忘れ形見である君がここにいることを知ったんだ」

キャスリン……それが母の名前だと、誰かに聞いたことがある。

しかし、記憶の中には全く存在しない。

「エリー。会えてよかった。君は私の娘だ。どうか、一緒に暮らしてくれないか？」

彼が大げさに腕を広げる姿を、エリーは冷静に眺めていた。

彼と一緒に暮らすということは、伯爵令嬢になるということだ。今の生活が気に入っているので、なりたいとは思わない。

だけど……エリーは、一人の男性の姿を思い浮かべていた。

時々来ては、薬草の話だけをしていくサタル。

きっと、彼はエリーのことを子供としか思っていない。小さな体で一生懸命背伸びをしている女の子。そう思われているだろう。

……それは、少し胸が痛い。エリーは、彼にほのかな恋心を抱いていた。

十九も年上の男性なのに。

しかも彼は、王都では重要な役職に就いていると聞いている。

だがもしも、エリーが伯爵令嬢になれば……彼に、手が届くのではないか？

エリーの迷いを感じ取ったのか、園長が彼女の背中を押す。

「エリー。ずっとここにいてもらうことはできないわ。伯爵様の子供としてここから出ていくことができるなら、それは幸せなことだと、私は思うわよ」

いつまでも施設に住むことはできない。いつかは独り立ちして、ここを出ていかなければならない。それが今でもいいのではないかと園長は言っている。

エリーは、アルスターク伯爵を改めて見る。

初老の、優しそうな男性だ。――この人が、自分のお父さんなのか。

初めて出会う肉親に、エリーの心は震えた。

「急な話だ。よく考えてからで構わない」

彼は微笑んで、エリーに考える猶予をくれる。

そう言ってもらえた瞬間に、この人と暮らしたいと思った。

とはいえ今の生活も好きだし、何より薬屋のことが気になる。悩んでシンシアに相談したら、父親と暮らした方がいいと背中を押してくれた。

心を決めたエリーは、シンシアのお世話をしてくれている人にも会って、自分が普段していたことを全て伝えた。そんなエリーを見て、シンシアは「心配性ね」と笑った。

エリーはシンシアに一つ頼み事をする。

サタルが来たら、エリーはアルスターク伯爵家に行ったと伝えてほしいと。

シンシアは、頼まれずとも伝えると言って、しっかりと頷(うなず)いてくれた。

彼がどう思うかは分からないけれど、兄妹のように仲が良かったエリーにもう会えないのは寂しい、と思ってくれるかもしれない。

そうしたら、会いに来てくれるだろうか。伯爵令嬢になったエリーに。

美しいドレスを着て、サタルにエスコートされながら歩く自分を想像する。

——ああ、なんて素敵なんだろう。

今すぐ、彼に伝えたい。だけど、彼は年に数回しかここを訪れない。

次に会う時は、エリーは伯爵令嬢だ。そして、今よりも綺麗になっているはずだった。


これからの生活はとても豪華で素晴らしいものになるに違いない、とエリーは思っていた。しかし、待っていたのはエリーの想像とは随分(ずいぶん)と違う生活だった。

後から分かったことだが、エリーは嘘を吐(つ)かれていた。

イードンは、ずっとエリーを探していたと言っていたが、それは違う。

彼は、本当はエリーが生まれた時からその居場所を知っていた。エリーが生まれたのも、キャスリンが死んだのも、全部知っていたのだ。

伯爵にとって、その二つは重要なことではなかった。

むしろ、浮気相手のキャスリンが子供に何も言わずに死んでくれたのは、都合がよかったのだろう。娘のエリーが遺産相続の権利を主張してきたりすれば、面倒なことこの上ない。

そのまま何も起きなければ、エリーも何も知らないまま、ただのエリーとして生きていくはずだった。イードンは、そもそもエリーを自分の子として引き取ることなど考えていなかったのだ。

けれどある時、イードンの長男マルクが高熱を出した。

エリーより六つ年上で、十八歳になっていた彼が、四十度以上の熱で数日間苦しんだという。幸い命はとりとめたが、医者から生殖能力が失われているだろうと診断された。

伯爵家に、他に子供はいなかった。

マルクの子が望めないとすると、養子を取るしかなくなってしまう。

イードンにとって、それは許容できないことだった。

この歴史あるアルスターク伯爵家の血筋に、雑菌のようなものが混じる。まさに、そんな認識だったのだ。

だから、エリーを迎えに来た。

半分は庶民の血が入った下賤(げせん)の者だが、高貴な自分の血も引き継いでいる。どこの者とも知れない養子を迎えるより、ずっとマシだと思っていた。

エリーを連れて帰ると、妻とマルクは顔色を失った。なぜだと泣き叫ぶ妻がうるさくて、マルクに静かにさせるようにと命令した。

イードンには、エリーを引き取ることを責められる理由が分からなかった。

マルクが高熱を出したのが悪い。生殖能力を失うとは、なんという失態だ。その母親である妻も、一人しか産むことができなかったのだ。もっと子供がいれば、エリーを引き取ることもなかったというのに。

イードンはエリーの目の前で、彼らにそのことを説明した。

真っ青になるマルクたちと同じように、エリーもまた青ざめ、選択を誤ったと思っていた。

その後イードンは、エリーにマナーや人付き合いなどの基本的知識だけでなく、領地経営の仕方も教えていった。

エリーが来る前まで、マルクが教わっていた内容だ。

使用人たちは優しかったが、それは他の主人たちがあまりにひどいからだろう。人に世話されることに慣れていないエリーは、彼らのように傍若無人には振る舞えない。

こちらから何かを命じることはないし、してもらったことにはお礼を言う。そんなエリーを、使用人たちは慕ってくれた。

そしてエリーには、なんと少しだけ魔力があった。

学校に通っていなかったエリーは、魔法の勉強などしたことがないので、今まで自分に使えるとは思ったこともなかった。

少しとはいえ魔力があり、頭も良かったエリーは、すぐに伯爵のお気に入りになった。

逆にエリーが来てから、透明人間のような扱いを受けるようになったマルクは、ことあるごとに彼女を追い出そうとしていた。

使用人たちに命令してエリーのことを無視させたり、客の前でわざと恥をかかせたり。

しかし、孤児院での暮らしに慣れていたエリーにとっては、マルクのお上品な嫌がらせなど可愛いものだ。

マルクがそうやってこそこそと意地悪していることも、イードンは知っていたのだろう。マルクのあしらい方を覚えていくエリーを、あえて放置したのだ。

それが分かるほど、エリーは大人になっていた。

アルスターク家に引き取られてから五年が経ち、エリーは十七歳になっていた。

ずっと期待して待ち続けているのだが、サタルはまだ会いに来てくれたことがない。

彼が来てくれることを、半ば意地になって信じているので、一度もあの薬屋には行っていない。

サタルにとってエリーは、その程度の存在だったのだろうか。

あれから五年経っても、結婚できる歳になっても、エリーはサタルに恋をしているというのに。

その頃、イードンが突然の病に倒れた。

屋敷に引き取られた理由はともかく、イードンは父だ。エリーに優しくしてくれたし、たくさんのことを教えてくれた。

エリーは彼のために、できるだけ良い薬と医術士を手配しようとしていた。

それを邪魔したのは、イードンの妻であるエリザベスだ。

屋敷の中でもほとんど顔を合わせたことのなかった彼女は、自分が選んだ医術士以外にイードンを診せることを禁止した。

「エリー、いいんだよ。自業自得だ。妻に嫌われているのはとうに分かっている」

イードンはエリーに弱々しく微笑む。

この家の事実上の権力者は、すでにエリザベスだった。イードンが病に倒れてしまった今、使用人たちは皆、エリザベスの言うことに逆らうことができない。

「今のうちに、お前に本を譲ろう。……遺言書を準備してはいるが、ちゃんとお前の手に渡るかどうか分からないから……本当に悪かった」

エリーはそれなりに、幸せに暮らしていたというのに。

イードンは死の間際になって、いろいろと悔やんでいるようだった。

エリーの胸は痛んだ。

彼に引き取られなかったら、もっと幸せになれていたかもしれないと思うこともあった。でも、そうとは限らない。独り立ちできずに施設で肩身の狭い思いをしていたかもしれない。

そんな不安を抱かずに生活できたのは、やはりイードンのおかげなのだ。

彼を助けたい。

エリーはイードンの病状を事細かに記録し、屋敷を抜け出してシンシアの薬屋に走った。

エリザベスにもマルクにも見つかるわけにはいかない。

伯爵家に引き取られてから、一度も行くことがなかった薬屋は、五年経った今も変わらずにそこにあった。

ノックするのももどかしく、いきなりドアを開けると、五年の歳月（さいげつ）などなかったかのように懐かしい光景が広がっていた。

「おや、エリー。久しぶりだね」

「え、エリー？　大きくなったね」

シンシアとサタルが同時にドアを振り返る。一人はにっこりと笑い、もう一人は目をまん丸に見開いて。

彼らを見た瞬間、エリーはどんな表情を浮かべていいのか分からなかった。しかし、サタルから座るように促（うなが）された途端、涙腺（るいせん）は決壊した。

なぜ二人とも会いに来てくれなかったのか。ずっと寂しかった。会いたかったと、子供のようにわめき散らした。会いに来なかったのは、エリーだって同じなのに。

シンシアは、手紙を書いて人に預けたこともあるそうだが、庶民からの手紙などなかなか届けてもらえないそうだ。

それは、エリーも心あたりがある。

施設の子供たちに何度手紙を書いても返事が来なかったのだ。そもそも、エリーの手紙が彼らに届いていたかどうかも怪しい。

そう考えると、もしシンシアがエリーに会いに来てくれたとしても、取り次いではもらえなかっただろう。

いや、シンシアのことは納得できても、サタルは来られたのではないか。

ジト目で彼を見るエリーに、サタルは弁解する。

「ええと、僕もね、ここに来るのは久しぶりなんだよ。仕事の引継ぎとかで、王都を離れられなくてさ～」

彼は、胸元から身分証明書を取り出した。

「じゃあん。なんと、医術士局長になりました！」

キラキラと不思議な色に光るカードに、サタルの名前が刻まれている。

「医術士局長？　偉い人なの？」

エリーが首を傾げると、サタルも首を傾げる。

「う～ん。一応、そのはず？」

「だったら！」

エリーはサタルの胸ぐらを掴(つか)んだ。

「ぐえっ。ここは、手を握るとかじゃないのかなっ⁉」

サタルが何か言っているが、エリーの耳には届かない。

「父を助けてっ！」

エリーの悲鳴のような声を聞き、彼の顔が真面目なものに変わる。

「――どうしたの？」

エリーはサタルに今の状況を話し、イードンの様子を記録したノートを見せる。

「……なるほど。よくここまで頑張ったね。シンシアさん、ちょっと伯爵邸まで行ってきますね」

「はいはい。頑張ってきなさい」

軽く手を振られて、サタルは荷物を準備する。

本当に来てくれるのかと、信じられない気持ちで佇むエリーを促し、サタルはアルスターク家に向かった。屋敷への道を二人並んで歩く。

首まで絞めておいてなんだが、エリーは今さらながらに照れてしまう。

五年経っても、サタルは何も変わっていなかった。

優しく微笑む瞳も、男性にしては高めの声も、ちょっと童顔で、笑うと左頬にえくぼができるところも。

会えなかった歳月の間に、彼のことを美化しているかもしれないと思ったが、そんなことはない。彼は、エリーの記憶通りに素敵だった。

「う〜ん……」

エリーが恥ずかしがっていたら、頭の上で唸(うな)るような声がする。

顔を上げると、サタルもまた照れくさそうに笑っていた。

「こんなに綺麗になったエリーと二人きりで歩くなんて、少し照れちゃうね」

……こんなことをさらっと言ってしまうところも、変わっていない。前からそうだった。エリーを子供扱いしているくせに、急に甘い言葉を吐くのだ。

「だから、もっと早く会いに来てくれればよかったのよ」

また、ねちねちと恨むような言葉が出てきてしまう。

可愛くない言い方をしてしまったと思い、謝ろうと思って再び彼の顔を見上げた。

サタルは、エリーの言葉に頷(うなず)きながら、とんでもないことを言ってのける。

「そうなんだけどねえ。でも、少し時間を置くのもいいのかと思って。さすがに十九も年下の女の子が気になるなんて、おかしいと思うし。しかも、ドレスを着て綺麗にお化粧したエリーを見て、舞い上がって妙なことをしたら、変態呼ばわりされても仕方がないからね」

……彼は、自分が今何を言ったのか分かっているのだろうか。エリーが呆然と見上げるその先で、彼は照れくさそうに笑う。

エリーの顔の熱が引かないうちに、屋敷に着いてしまった。

門番から不思議そうに見られてしまったが、気にしてはいられない。サタルのことを説明して、彼を客間に通す。

すぐに使用人たちから連絡がいったのであろう。大きな足音を立ててエリザベスが現れた。

淑女(しゅくじょ)教育をしっかり受けているはずの彼女が足音を立てる時点で、どれだけ怒っているかが分かる。

「エリー、あなた医術士を連れてきたと言ったの？　私がお願いしている方(かた)では不安だとでも言うの？」

客間に入ってきた途端、サタルの目の前でエリーを叱責(しっせき)する。

客人に対して、ここまで失礼な態度を取られるとは思っていなくて、エリーは申し訳なさに縮こまってしまった。

すると、にこやかな笑みを浮かべてサタルが立ち上がる。

「初めまして。アルスターク夫人ですね。私はエリーの古くからの友人である、サタル・アメンダと申します」

腰を折って挨拶(あいさつ)をするサタル。その身のこなしに、何か引っかかるものを覚えたのだろう。

エリザベスが彼の方にようやく視線を向けた。

「アメンダ……？　とは、あまり聞かない名前ね。どちらからいらしたの？」

この街の者ではないと判断したのだろう。

エリザベスの問いに、サタルは満面の笑みで答える。

「王都で医術士局長をやっております。伯爵の病状は随分(ずいぶん)重いと聞きました。もしよろしければ、微力ながらお手伝いできないかと、私が申し出たのです」

「医術士局長……様……!?」

エリザベスは慌てて腰を折る。そのまま膝(ひざ)でもつきそうな勢いだ。

「ご、ご無礼を……！　申し訳ございませんっ」

「ああ、気にしないでください。この見た目ですから、軽く見られることには慣れております」

嫌味を含んだ声に、エリーはハッとする。エリーの中にあるサタルのイメージとは違っていたのだ。

エリーと目が合うと、彼はいたずらっ子のように片目をつぶった。

頭を下げたままぶるぶる震えているエリザベスには、気付かれていない。彼は、エリーのためにやり返してくれたのだ。

エリーは知らなかったが、医術士局長とは、この国の医術士たちのトップに立つ人物。彼に病人を見せることを拒否できる人間など、まずいない。むしろありがたがって、涙を流して喜ぶはずだ。

エリザベスにはもう何も言うことができなかった。

そして、イードンを診たサタルの診断は……

エリーが見つめる先で、サタルは小さく首を横に振る。

「……優秀な治癒術師がいれば、なんとか……。でも、内臓が傷みすぎている。定期的に治癒術を施し延命していく方法しかない」

イードンの体は、長年の不摂生がたたり、もうボロボロだそうだ。それならば、できるだけ苦しみを和らげる治療法に移行した方がいいと、サタルは言う。

それは、最終宣告と同じだった。

イードンは眠り続けている。ここ数日で眠る時間が急に増えていた。

「夫人が選んだ医術士に診ていただいていると言ったね？　その方は適切な処置をされている。大丈夫だよ」

エリーは、自分を恥じた。

人を疑うばかりで、エリザベスにはイードンを助ける気がないのだと思い込んでいた。

「ごめんなさい……ありがとう」

「うん。では僕は帰るけれど、玄関まで送ってもらってもいい？」

サタルが立ち上がる。

エリーも慌てて立ち上がった。

「うん。もちろん」

気持ちが沈み込んでいて、彼を見送ることすら忘れてしまいそうだった。

イードンの部屋の扉を開けると、すぐそこにエリザベスが立っていた。その顔には貼りつけたような笑みが浮かんでいる。

「お帰りですか？」

「ええ。お力にはなれそうにありません。わざわざ出しゃばってきたというのに申し訳ない」

サタルが頭を下げる。

本当だったら謝る必要なんかないのに、エリーが無茶を言ったから……

申し訳なくて、エリーも一緒に頭を下げた。

「ほほ。そうでしょう？　この子は私のすることに、何かと難癖（なんくせ）をつけてくるのです。きっと、夫に甘やかされて育ってしまったからだわ」

彼女に難癖（なんくせ）をつけたことなどない。同じ屋敷に住んでいても、顔を合わせた数なんて両手の指で足りる。

エリザベスは、サタルの前でエリーを貶（おとし）めたかったのだろう。

サタルは無言で頷（うなず）き、「失礼します」と言って彼女の前を通り過ぎた。

エリーは慌ててその後に続く。

「エリー、君はこの後、とてもつらい立場になるね」

サタルは前を向きながら、横に並ぶエリーにだけ聞こえる声で言う。エリーは唇を噛みしめて小さく頷（うなず）いた。

イードンにもっと生きてほしかった。彼が心配だったのは本当だけど、自分の今後も心配だった。

イードンがいなくなれば、エリーの居場所はなくなる。

彼がどんな遺書を準備してくれているか分からないけれど、今と変わらずここで生活できるとは思えない。

俯（うつむ）いたまま歩いていると、隣を歩くサタルが立ち止まった。

「……僕と来る？」

言われたことの意味が、よく分からなかった。

視線を上げた先には、顔を真っ赤にしたサタルがいる。

その顔を見て、エリーはようやく理解した。

「あ〜……アメンダ家の養女という形でもいいよ。僕と一緒に王都へ……」

「養女じゃなかったら、何になるのっ？」

養女なんて、そんなの嫌だ。エリーが期待しているのは、それではない。

エリーがキラキラした目で見上げると、サタルはさらに顔を赤くした。

「二十も歳の違う君に……」

「二十じゃないわ。十九よ」

どっちでも同じだというようにサタルは微笑む。しかし、彼が歳を気にするならば、そこは訂正しておきたい。

サタルが実は十歳サバを読んでいて、二十九も離れていると言われても、彼が彼であるならば構わないとエリーは思う。だが、サタルはそうでないならば、二十と十九の違いは大きいはずだ。

「……僕の妻として、一緒に王都へ来てもらえないか？」

「行くわ！　今からでも行く！」

即座に返事をしたエリーに、彼は苦笑する。

「さすがに今すぐさらうわけにはいかない。準備があるからね。君も荷造りしておいて」

彼はそう言って、そのままにこやかに帰っていった。

——早く、この家から連れて逃げて。

深刻な叫びは、声に出せなかった。

イードンが亡くなると同時に、自分はこの世から消されるのではないかとエリーは思っていた。

使用人たちも誰もが口をつぐんで、エリーなど最初からいなかったかのように扱われるに違いない。エリーに遺産の一部でも譲ると書かれているならば、イードンの遺書も表には出ないだろう。

エリーは振り返って屋敷を見上げる。

そこには、獲物を狙う目をした女——エリザベスがいて、にこやかにエリーを見つめていた。

エリーは言われた通りに荷造りをした。しかし、持っていきたいと思うほど思い入れのあるものを、エリーは持っていない。

だから小さな鞄に、必需品だけを入れた。

サタルはそれ以来、会いに来てくれなかったが、エリーはいつでも出ていけるように準備をしていた。

——そして、その日は意外と早く訪れた。

朝起きると、屋敷中が騒がしい。エリーは、誰に聞かずとも悟った。

父が、天に召されたのだ。

ベッドの中で、一人涙を流した。きっとこの部屋を出れば、やることが怒涛のように押し寄せてきて、イードンの死を悼む時間はない。

だから少しの間、イードンの冥福を祈った。

イードン・アルスターク伯爵の葬儀は、盛大に執り行われた。エリーは父の葬儀の片隅で、ひっそりと参列させてもらう。マルクとエリザベスは、もうエリーを令嬢として扱う気がないようだった。

葬儀が終わった次の日、サタルがアルスターク伯爵家を訪れた。彼は、今まで見たことがないような豪華な服を纏っている。

医術士局長としての正装らしく、不思議な光を帯びた黒いローブを羽織って、大きな宝石をいくつもつけていた。

どうしたの？　その服、格好いい！　と言いたくなってエリーは思わず駆け寄った。

そのエリーを押し退けて、エリザベスが甲高い声をあげる。

「ようこそいらっしゃいました！」

前回とは全く違う歓迎ぶりだ。衣装の力ってすごい。

「申し訳ありません。今日王都へ帰るので、このような大仰な格好で失礼いたします」

「まあ。そうなのですか？」

王都に帰ると聞いて、エリーは慌ててサタルの顔を見る。そんな話は聞いていない。

どうして？　連れて帰ってくれるんじゃないの？　あれは冗談だったの？

「帰る前に、友人にも挨拶をしておきたいと思いまして」

今にも泣きそうなエリーにサタルが笑顔を向ける。

すると途端に興味が失せたように、エリザベスは「あらそうですの」と下がっていった。

すれ違う時、ふんと小さく笑われた。過分な期待をしたエリーを蔑んだのだろう。

「それではこれで。力になれず申し訳なかったね」

呆然としたまま見上げるエリー。その耳にようやく届くくらいの声で、サタルが囁く。

——エリー、準備はいい？

エリーが目を瞬かせると、溜まっていた涙がぽろっとこぼれた。

「大丈夫。寂しがらないで。また会えるよ」

今度は普通の声で言いながら、サタルはエリーと握手した。

エリーの目からあふれ出した涙は、止めようとしてもなかなか止まってくれない。

「じゃあね。またいつか」

にっこりと笑って、エリーに背を向けるサタル。はたから見れば、別れを惜しむ女性にあっさりと背を向ける、ひどい男性の図だ。

エリーは彼が握ってくれた手をぎゅっと握りしめて、諦めたように踵を返す。

そこには、満面の笑みを浮かべたエリザベスがいた。声には出していなくても、『ざまあみろ』と思っているのが分かる。

エリーは悔しさのあまり彼女を睨み付けて、急いで部屋に戻った。そして、荷物の入った鞄を掴んで窓を開ける。

窓の外には、キラキラと光り輝く虹の滑り台があった。見たこともないそれは、透明なのに、しっかりとそこに存在している。

虹の先に停まっている馬車の中から、サタルが手を振っていた。

「やあ」

　エリーは躊躇（ちゅうちょ）なく虹の滑（すべ）り台を滑（すべ）り下り、馬車に乗り込む。

「サタル！」

　腕を広げて彼を呼ぶと、彼も腕を広げてエリーを抱きとめてくれた。

「驚きも怖がりもしないな。まあ、いいだろう」

　馬車にはサタル一人かと思えば、黒いローブを頭からかぶった人が座っていた。

「どなた？」

　エリーが聞いても、本人に答える気はないようだ。

「筆頭魔法使いだ。あまり覗（のぞ）き込まないでやってくれ。彼は人間が苦手なんだ」

　サタルはくすくすと笑って、黒い人物からエリーの視線をそらす。

　あの虹は、筆頭魔法使いが魔法で作ってくれたものだという。振り返ると、さっきまでそこにあったはずの虹は、すでに消えてなくなっていた。

「彼を王都から呼び寄せるのに時間がかかってしまった。でも、これでもう大丈夫。彼がいれば、誰にも邪魔はできない」

　サタルの絶対的信頼に、黒い人物は胸を張った……ように見えた。

「さあ、エリー。帰ろう」

『帰ろう』とサタルから言われる喜びに、エリーは大きな声で返事をした。

「はいっ！」


この後、エリーは王都で暮らすことになる。

伯爵令嬢ではなく、ただのエリーとしてサタルと結婚し、エリー・アメンダとなった。

ある日サタルから、数冊の魔法書を手渡される。

イードンを診察した時に渡されたものだという。これをエリー以外の人間から守ってほしいと言われて、サタルが預かっていたのだそうだ。

ただし、エリーはその魔法書を読めるほど頭が良くはなかったし、魔力も強くなかった。

「だが、君がもらったものだ」

国に献上しようとするエリーに、あの筆頭魔法使いが言った。

「アルスターク伯爵が、何か一つでも君に遺したいと思ってサタルに託したものだ。君が持っていなければならない」

父の遺品。それならば、大切にしようと思う。

自分から、自分の子供に受け継いでいけばいい。父が、エリーを大切に思ってくれた証なのだから。

そして王都に来た直後、エリーの体に新たな命が宿った。

愛おしい我が子が宿るお腹を撫でながら、エリーは思う。

どうか、幸せに――

誰かに呼ばれたような気がして、キャルは目を覚ました。

「どうした？」

気だるげな声が頭の上から降ってきて、体が温かいものに包まれる。

「……よく、分かんない」

だけど、キャルは涙を流していた。

上手く表現できない温かな思いと、やるせない思いが一緒くたになって、涙が止まらない。

「……そうか」

カイドは、ゆっくりと返事をした。大きな手のひらでキャルの頬を拭い、キスをする。

そのままキャルを強く抱きしめ、安堵したように目を閉じた。

キャルもほっと息を吐く。彼の逞しい胸に頰を寄せて、もう一度目を閉じる。

きっと、もっと幸せな夢が見られるような気がして——

書き下ろし番外編

婚約者その後

リリーの屋敷から逃げだした後も、キャルたちはまだアルスターク領にいた。

南方に位置するアルスターク領は、一年を通して温暖で、夏は暑い。そして、雨が多いという地域だ。そのおかげで、他の地域には見られない植物が多く自生している。コロンどころか、王都でも見られない植物も多くあり、キャルの『探索(サーチ)』に引っかかりまくっているせいで、なかなか進めないでいる。

ここから離れるのは並大抵のことじゃない。

一歩、歩くごとに薬草だって、美味(おい)しい果物だって見つかるのだ。

「天国だ。宝箱だ……」

キャルは両手で葉っぱを握りしめて呟(つぶや)く。

なぜ国民全員ここに住まないのだろうと不思議に思う。

まだまだ土地はあるようだし、ここに移り住んで永久に植物の研究をして過ごすのはどうだろうか。

などと思っていると、カイドが木の幹を叩いて言う。

「植物が多いってことは、動物も増える。猛獣も多いぞ。畑仕事は、害獣との戦いだな」

樹の幹には大きな蹄(ひづめ)のような跡がついている。

「サメワニの縄張りの印だな」

「そんなのが、こんな近くに出るのっ!?」

魔物ではないが、獰猛(どうもう)な猛獣だ。

泳ぐように地上を駆け抜け、噛みつかれたことを認識する前に獲物を丸呑みする。

キャルの通常の『探索(サーチ)』範囲では、気付いた時には食べられているだろう。

「たまにギルドで討伐依頼を見るな」

それはそうだろう。そんなもの、冒険者ではないと太刀打(たちう)ちできない。しかも高ランクではないと、危険だ。

「食べ物が多ければ、虫も増えるし、病気の媒介にもなるだろ。――まあ、どこでもいいところも困ったところもあるもんだぞ」

キャルの表情を見て、カイドが苦笑いを浮かべる。

なるほど。

植物の分布だけでここに移住しようとしたキャルの気持ちを綺麗に消してくれた。旅行に来るぐらいで充分だ。

やはりコロンが一番いい。

納得して、薬草の採集を再開するキャルに、カイドが声をかける。

「まだ採るのか？　もう俺の空間はほとんど埋まってるぞ」

カイドの空間は、それほど広くない。

もともと持っていた素材や本も入っている。

「扱ったことがない薬草がこんなにあるのにっ!?」

キャルが文句を言っても、彼にはどうしようもない。

困ったように首を傾げるだけだ。

抱えていっても、コロンに帰るまでの一ヶ月の間に枯れてしまうだろう。

だったら、方法は一つしかない。

「調剤がしたい」

ここで使ってしまうのだ。

嵩はぐっと減る。持ち運びに便利。物によっては売れるし、いいことずくめだ。

彼を見上げてキャルが言うと、分かっていたと言うように、ため息を吐かれた。

「急ぐような旅でもないしな。宿をとるか」

アルスターク領外れの宿に泊まることにした。

宿を探して、そう遠くない場所に大きな宿があったのだ。

思った以上に広い部屋で運がいい。

キャルは部屋に、カイドの空間から出してもらった調剤の機器を並べる。

「こんなに広い部屋なのに、なぜ二部屋いるんだ。贅沢じゃないか？」

カイドが入り口のドアに背中を預けて文句を言う。

贅沢と言われれば胸が痛む。

――が、ここは譲れない！

「部屋代は、今から稼ぐから！」

何せ、キャルはなったばかりではあるが、Aランク。薬は高値で売れるはず。

同じ薬でも、Eランクの時とは信用度が違うので、値段まで変わるのだ。

「部屋代とかは全く問題ないんだが」

不満げな金持ちSランクは無視する。

目の前の薬草に集中しようとした時、手元に影が落ちる。

カイドが真面目な顔でキャルを見下ろしていた。

「キャル、俺は、プロポーズしたよな？」

それは、つい先日言われたばかりの言葉だ。

改めて聞かれると恥ずかしくて、顔に熱が集まるのが分かる。

キャルはカイドから目をそらして、小さく頷く。

今、自分はどれくらい顔が赤いのだろうか。

「そして、了承の返事ももらったつもりだ」

そんなことを、今さら確認する彼に、内心首を傾げる。

キャルはしっかりと『嬉しい』と言葉にした。わざわざ確認をとってこられるとは思わなかった。

「う、うん。そうだよね」

顔が熱い。顔の温度だけ十度以上上がっているかもしれない。

「だったら、ほぼ夫婦だ」

――うん？

突然、妙な方向に話がねじ曲がった。

「夫婦だったら、同じ部屋でいいだろう！」

「まだ夫婦じゃないでしょう!?」

「ほぼ夫婦だ！　夫婦も同然だ！」

カイドが胸に手を当てて、目を閉じる。……どうやら、自分の言葉に感動しているようだ。

放っておこう。

これ以上話をしていると、本当に顔から火を噴（ふ）いてしまうかもしれない。

言い合いをしている最中、ドアがノックされた。

ドアがノックされるようなことなど、頼んでない。

食事のオーダーもしていないし、連れはここにいる。

「はい？」

不思議に思いながらキャルは返事をした後、『探索（サーチ）』をしながら、首を傾げる。

ドアの向こうには、五人もいる。男性が四人と、真ん中に女性？

何の用かさっぱり想像がつかない。

カイドがドアを細く開ける。

「あ、あの……お客様がお見えで……」

ドアの向こうに見えたのは、チェックインの時にいた小太りの愛想の良い宿屋の主人だ。今は随分挙動不審だけど。

「……宿泊客の情報を売ったのか？」

カイドの低い声に、びくりと体を震わせた宿屋の主人は、返事もせずにそそくさと立ち去った。

その後から現れたのは、美しいスーツを着た男性。光沢のあるスーツで、見るからに高そうだ。

「依頼に参りました」

「断る」

聞いた途端、カイドは音を立ててドアを閉める。その上、さらに結界も張り始めた。……そうすると、カイドも出られなくない？　夜にはきちんと自分の部屋に戻るよね？

結界があるので、音は聞こえないが、男性がしばらく廊下に立ったままだったことは分かる。

「こんなふうに、直接カイドに依頼に来る人もいるんだね」

カイドへの依頼は、今までオーレリアンからしかなかったので、驚いた。

宿屋が流した情報だけでいきなり訪ねてくるなんて、不躾だとは思うが、それだけ依頼したい気持ちが強かったということなのだろう。

有名人は大変だなあ。

サメワニでも出たのだろうか。木の幹を思い出して、一人怖がる。街から出る時は、必ずカイドと一緒に行動しよう。

いろいろ考えているキャルを見て、カイドは呆れたようにため息を吐いた。

その夜。

もちろん、カイドには部屋に戻ってもらった。カイドはしぶしぶ従ったが、結界は張ると言い張った。

別にカイドに内緒で出かける気もないし、部屋から出られなくなるだけのことだから了承した。

薬草の調剤に忙しいので、昼間もずっと部屋の中で構わない。このまま数日閉じ込められていても気がつかないかもしれない。

今日のカイドは妙に心配症だ。

こ……婚約者になったからだろうか。考えるだけで赤面してしまう。

ろうそくが短くなって明かりが揺れ始めたところで、寝ることにした。

立ち上がって伸びをすると、机の上にメモ紙があった。

『話しかけても気が付かないので、飯食ってくる』

『食ってくる』のところが、『持ってきた』と書き換えられていた。

メモと一緒に、おにぎりが二つ置かれていた。

こんなところに置かれても気が付かなかったのか。びっくりだ。

「ごめんなさい。ありがとう。いただきます」

小さく呟いて、ありがたくいただく。調剤に熱中してしまうと周りが見えなくなってしまうキャルのことを、カイドはそっとしておいてくれる。そして、こんな気遣いまで。

彼の優しさに、頬が勝手に緩んでしまう。

外を見ると真っ暗だった。

こんな時間では、湯あみもできないだろう。

湯は、明日の朝にいただこうと考えて、着替えのために立ち上がる。

その時、窓の外で光が走った。

――と思ったら、窓にひびが入って、次の瞬間、音もなく砕け散っていた。

「――!?」

あげようと思った悲鳴は、口を押さえられて外に出ることはなかった。

「静かにしてください。依頼に来ただけです」

キャルの口を押さえている人物が、静かな口調で言う。

こんなことをしているにもかかわらず、あまりの静かな声に、逆に恐ろしくなる。

今、キャルはマントを着ていないので、薬は手元にない。

それでも動くキャルの手に、彼は彼女を掴む腕にぐっと力を込めた。

「いっ……！」

掴まれた腕の痛みに、声が漏れる。

「抵抗さえしなければ――」

ドンッ

「死ね」

大きな音に驚いた次の瞬間、カイドは侵入者を踏みつけて剣を振り下ろそうとしていた。

「早い早い！」

殺す判断が早すぎる。

カイドはラフな格好に、裸足だ。

きっと隣室で寝ていたところ、こちらの異常に気が付いて壁を壊して、助けに来てくれたのだろう。

「こいつ、お前に痛いと言わせたんだぞ？」

キャルの制止で、動きを止めたカイドは侵入者の頭の横に剣を突き立てて、不満げにこちらを振り返る。制止しなかったら、本当に突き刺す気だったのだろうか。

痛い思いをさせただけで殺していたら、キャルの日常は殺伐としたものになる。いつぶつかってくるか分からないから子供の傍になど、近づくこともできないじゃないか。

「目的を聞いてください」

思わずお願いしてしまった。

カイドは舌打ちをして、床に沈んでいる男の背中に座る。

ぐっと、つらそうな声が漏れたが、人の部屋に侵入してきた男に同情はしない。

「誰から頼まれた？」

目的ではなく、依頼者を確認する。

侵入者は悔しそうにカイドを睨み上げる。

カイドは鼻で笑って蔑む視線を向ける。

「少しは腕がたつようだが、貴族のペットに俺を倒せるわけないだろう？　Sランクをそこまで甘く見ていたか？」

神経を逆なでするように、わざと馬鹿にした口調でしゃべる。

侵入者は、綺麗な光沢のあるスーツを着ていた。今日、『依頼がある』と訪ねてきた人だ。

侵入には不似合いに見えるその服は、高位の方のおつかいのように見える。

「はっ……！　もろい結界だっ……ぐぅっ」

カイドの挑発に応える言葉に、カイドは侵入者の頭をまた床に叩きつける。

カイドは結界や治癒などの繊細な魔法があまり得意ではない。

対する彼は、緻密な魔法の方が得意なのだろう。

カイドが施した結界を音もたてず、気付かないうちに壊し、侵入してきた。そして気が付いた時には、拘束されていたのだ。

魔法のことはよく分からないが、それはすごいことなのではないだろうか。

「自分の立場をわきまえろよ？　お前がこの部屋の窓をぶち壊したせいで、キャルが怒って依頼を受けないことにしたってお前の主人に伝言してやってもいいんだぞ？」

カイドの言葉に、侵入者は悔しそうに口を結んだ。

「私が怒ったら依頼を受けないの？」

カイドが怒って、の間違いではないだろうか。カイドへの依頼をキャルが判断することはないのに。

不思議な言い回しが気になって問いかけてみる。

「キャル、わざわざ結界壊してまで依頼に来られてるだろ」

カイドの拘束の魔法はこの侵入者には効かないのか、カイドが手近にあったシーツで男を縛り上げながら言う。

「え!? 私に依頼なの!?」

――ギルドに依頼するのではなく、私に!?

そりゃ、Aランクになれば、貴族からの依頼がくるようになるとは聞いていた。

だが、キャルは先日Aランクに上がったばかりだし、まだまだ無名のはずだ。

リリーの屋敷に貴族が押しかけてきたのは、もの珍しくてリリーの親戚が集まってきただけだと思っていた。

「なんのために自分のところに来たと思ってたんだ」

男を縛り終えてキャルの方を見るカイドに、キャルは首を傾げる。

「私を人質にして、カイドに言うことを聞かせようと?」

「Sランクの剣士相手に? リスク高いだろ」

そう言われればそうなのだが、自分に依頼なんて考えてもみなかったのだ。

キャルに対する依頼と分かって、途端に心配になる。

キャルはシーツで縛られた男性に近づく。

「あの、どなたかご病気ですか？」

「おい」

カイドから咎める声が聞こえるが無視をする。

追い返されても必死で侵入してきたのだ。きっと大病の患者がいるに違いない。下手したら命の危機なのかも。

目を丸くしてキャルを見た後、男性は、ばつが悪そうに視線をさまよわせた。

しかし、キャルはそのことに気が付かない。

「お医者様には診せましたか？　私だけの診察では心もとないので……」

キャルはマントを羽織り、持っている薬を確認しようとリュックに走ろうと――したところでカイドに捕まった。

「落ち着け」

「急病人がいるのに⁉」

「いない」

カイドがはっきりと否定する。

「そんなわけないでしょ！」

何故そんなことが分かるのだ。こんな夜中に薬師のもとを訪れたのだ。何か緊急な用件があるはずだ。だったら、それは病や傷の類だ。

カイドから男性に視線を移して、キャルは厳しい声を出す。

「急病ですか⁉　怪我ですか⁉」

男は、キャルを気味が悪そうに見ている。理解ができないと思っているようだ。

急いでいたんじゃないの⁉

急いで支度しようとしていたキャルは、思わずカチンとしてしまった。

カイドが背中から抱きしめる。

「落ち着け。病気や怪我をしていなくても薬師に頼りたくなることもあるんだ」

――そりゃ、栄養剤や魔力回復薬、殺虫剤までキャルは作ることができるし、それらで生計を立ててもいたけど。

「こんな夜中に？」

不思議なことには変わりない。

窓を割っているのだ。キャルの口を塞いで連れ出そうとしたのだ。

「誰にも知られたくないものってことだろ」

キャルは目を見開く。

昔のことだが、コロンで一人のおじさんが父に聞いていたことを思い出した。おじさんは妙に恥ずかしそうにしていたっけ。

「育毛剤だね!?」

侵入者の頭を眺めてみるが、それらしき兆候は見つけられない。あれはカツラだろうか。

まじまじと観察してしまう。カツラだったら、なかなかいい出来だ。男は、不愉快げに顔をしかめてキャルから視線をそらした。

「まあ……いろいろあるよな。……依頼内容は？」

カイドはキャルの頭を撫でて、侵入者に向き直り、彼に依頼内容を聞いた。

彼は悔しそうな顔をしながら、キャルを見て、また視線をそらす。

「冒険者だと思って甘く見るなよ？　俺はSランクだ。国と繋がっている。お前を逮捕することも、お前の雇い主を調べることも簡単だ。誘拐教唆で取り調べもできる」

ハッとした顔で、彼はカイドを仰ぎ見て——諦めたように項垂れた。

「惚れ薬を作れる薬師だと聞いたのです」

彼の雇い主は、リリーに散々嫌味を言っていたあの子爵夫人だった。

依頼の内容は、惚れ薬と媚薬、睡眠薬。

「旦那様と上手くいってないのですか？　あの、だったら、精力剤の方がいいのではと思います」

旦那にゆっくり休んでもらってから、その気になってもらって、夫婦仲を確かめようということだろう。キャルは、そう考えながら言ったのだが、何故かまたカイドに頭を撫でられてしまった。

子爵夫人は、アルスターク伯爵家に勤める使用人から、リリーがキャルに惚れ薬を作ってもらっているようだという情報を聞いたのだそうだ。

そういえば、リリーは堂々と「薬が効かないじゃない！」とか大声で言っていたような気がする。

「キャルが言うように、精力剤の方がいいな。そうしよう。――キャル」

強い口調のカイドに急かされるように、キャルは開発中の精力剤を取り上げる。

マムシの改良版だ。効き目は弱いが、副作用もない。夫婦の日常にはちょうどいいのではないだろうか。

「そうじゃなくっ……！」

反論しようとした侵入者の顔を、カイドが踏みつける。

「だから、立場をわきまえろ。この状況、お前を警察に突き出してもいいのに、わざわざ薬持たせて帰してやるんだ。優しいだろ？」

カイドの足の下から、苦しげなうめき声がする。

あの状態で、彼はカイドの話を聞くことができているのだろうか。

「これだけ持って帰れ。お前がこれをどう言って主人に渡そうと、俺たちには関係ない。副作用がないことだけ、伝えておく」

カイドが足を退けると、侵入者はのろのろと起き上がって薬の瓶を手に取った。

それをじっと見つめる男に、カイドはニヤリと笑いかける。

「それは、キャルの試薬だ。今後、市場に出ることはない。完成版が出たとしても、それは似ているだけの別の薬だ。……バレることはないよ」

彼は唇をぎゅっと噛みしめて、薬を胸ポケットへ入れた。

「対価は、二度と俺たちを追わないこと。キャルの前に現れたら……その瞬間に、お前を異空間へ飛ばす」

ひゅっと息を呑む音がした。

何が何だか分からない。何を深刻そうに取引しているのか、いまいち理解できない。

あの試薬くらい、無料で構わない。幻覚作用をそぎ落としていったら効果も薄れてしまって、もう少し改良が必要な代物だ。というか、臨床試験でもさせてもらえないだろうか。

男はよろよろと立ち上がると、窓ガラスを開けて外へ出た。

別に開けなくても割れているから出られるのにな……と思いながら見ていると、窓ガラスはチリチリチリと小さな音を立てながら壊れる前の状態に戻った。

「あと始末もしたか。なかなか腕のいい従者だな」

感心したようなカイドの言葉を聞いて、キャルも壁を指さす。

「カイドも修理してね」

壁を見て、舌打ちしたカイドは「こっちもやらせればよかった」と呟きながら魔法書を取り出していた。

◇

薬師には、法からギリギリ外れないような怪しい依頼がくるものだ。

キャルは薬師への依頼が病気の時以外にもあるとは全く思っていなかったようだが。

薬というものは、魔力がなく、特殊な技能がなくても、お金を払えばその効能を手に入れられる便利なものだ。

今回求められたような精神に影響を与えるものは特に。精力増強剤や媚薬、それから惚れ薬、自白剤、睡眠薬、混乱させる、忘れさせる、など、それらの薬は、求める人間にとっては大金を払っても欲しいと思わせるものだ。

「睡眠薬は、麻酔薬の調合方法を変えれば、作れるよ？　効能は試しながらじゃないといけないけど、眠りやすくするだけだったら、前にコロンのおばちゃんに頼まれて作ったことがあるの」

未だにキャルは、あの男を善意の人間だと思っているのか。

「あれだけで満足してたし、別にいいんじゃないか？　今度、正攻法で依頼に来たら作ってやれよ」

カイドの言葉に、キャルは頷く。

「新しい薬を考えるのは楽しいよね。実を言うと、作ってみたいし」

……犯罪に巻き込まれそうなことを言うのはやめてくれ。

誰かが健康被害を受けない限り、キャルの倫理観が充足することはないような気がする。

「今度、カイドで試してみていい？」

「絶対ダメだ」

キャルの薬で眠りこけて、その間にキャルが誘拐されるなんてことになったらどうするんだ。

位置情報が分かる魔法を覚えて、キャルに付与しようと決意する。

彼女は、自分にどれだけの価値があるかを理解しなさすぎる。

最高位の薬師が作るほどの薬。ならば、その効果は保障されている。

たとえ試薬だとしても、手を伸ばす人間は多いだろう。

さらに、キャルは類まれな『探索』能力を持っている。

やろうと思えば、鉱脈を探すことも可能かもしれない。

彼女の価値はAランクに上がったことで、世界中に知られたといってもいいのだ。

隣で首を傾げてきょとんとしているキャルには考えもつかないことのようで、ひたすら不思議そうにしている。

今日のような事態は簡単に防げると考えていた。……今回は思った以上に腕のいい、しかもカイドの苦手な魔法を使う人間が来たので気が付くのが遅れてしまったが。

キャルはもともとの性格と、以前のパーティメンバーに騙されていたことから、自己評価が低い。周りから認められて、ランクも上がったことで改善されてきてはいるが、己の価値というものを、有り得ないほど低く見ている。

自分の有用さと、カイドにとっての彼女の存在の重要さを、もっと分からせないといけない。

キャルは、首を傾げながらもマントを元の場所に戻して、寝る準備をしている。

時折外を確認しているから、やはり怖かったのだろう。

所々ひび割れを残しつつ壁を修理し終えても、カイドに部屋から出ていってほしいとは言わない。

「キャル、俺の部屋に行くぞ」

カイドは着替えを持ったキャルを、ひょいと抱き上げる。

「わっ！」

驚いた声をあげるが、特に抵抗はない。

「何もしないから、近くにいてくれ。不安でたまらない」

そう言うと、キャルはカイドにしがみついてきて、小さな声で「ごめんなさい」と謝った。

……何もしないと言ったものの、キャルはどこまで理解しているのか分からない。

部屋に連れてくると、隅の方で着替えてから、すぐにカイドが使っていない方のベッドに潜り込んでいる。

広い部屋を借りたので、ベッドは二台ある。キャルの部屋の片方のベッドは早々に荷物置き場と化していたが、カイドの部屋は、普通に眠れる状態だ。

キャルは、同室をすごく嫌がる割には、野宿で抱っこして眠るのは大丈夫だ。

その違いはどこなのか……外だって、襲おうと思ったら襲える。性的なものだけだったら、大きな違いはないように思う。

コロンでも王都でも同じ家に住んでいたのだ。同じ家に住んでいたら、周りもそういう目で見るだろうし、そろそろ、野宿ではいいけど宿で同衾は駄目だという理由も使えなくなってきているように自覚している気もする。

子作りの方法も知っているようだ。堂々と語っていたのを聞いたことがある。医療用語ばかりで難しく言っていたが、多分、その言い方以外、知らないのかもしれない。

「キャル、Aランクの薬師になったお前を狙う人間が出てくるかもしれない。俺は結界がそう上手くないし、毎回凝った結界をかけられるわけでもない」

キャルは布団から目だけ出して小さく何度も頷いている。反省しているようだ。

「婚約もしたし、これから同室でいいな」

目の周りしか見えないが、真っ赤になっているだろうキャルが再び頷く。

まずい。顔がにやけそうだ。

真面目な顔で諭すことで効果があるというのに。今表情を崩しては駄目だ。

カイドは重々しく見えるよう頷きながら、キャルが寝ているベッドに近づく。

キャルは何も言わずにカイドを見上げている。

カイドは、怒ったような顔をしたまま、決定事項を告げる。

「布団も一緒でいいな」

「それはだめっ！」

秒殺された。

いけると思っていたのに！

「なんでっ!?」

「なんでもっ！」

潜り込まれないように、キャルはミノムシのように布団にくるまって目を閉じてしまう。

「やっぱり野宿がいいっ！」

キャルを抱きしめて眠りたいのに！

カイドは明日は野宿にしようと思いながら、隣のベッドに潜り込んだ。

同室の許可は得られたが、次からはベッドの台数で揉めることになるのであった。

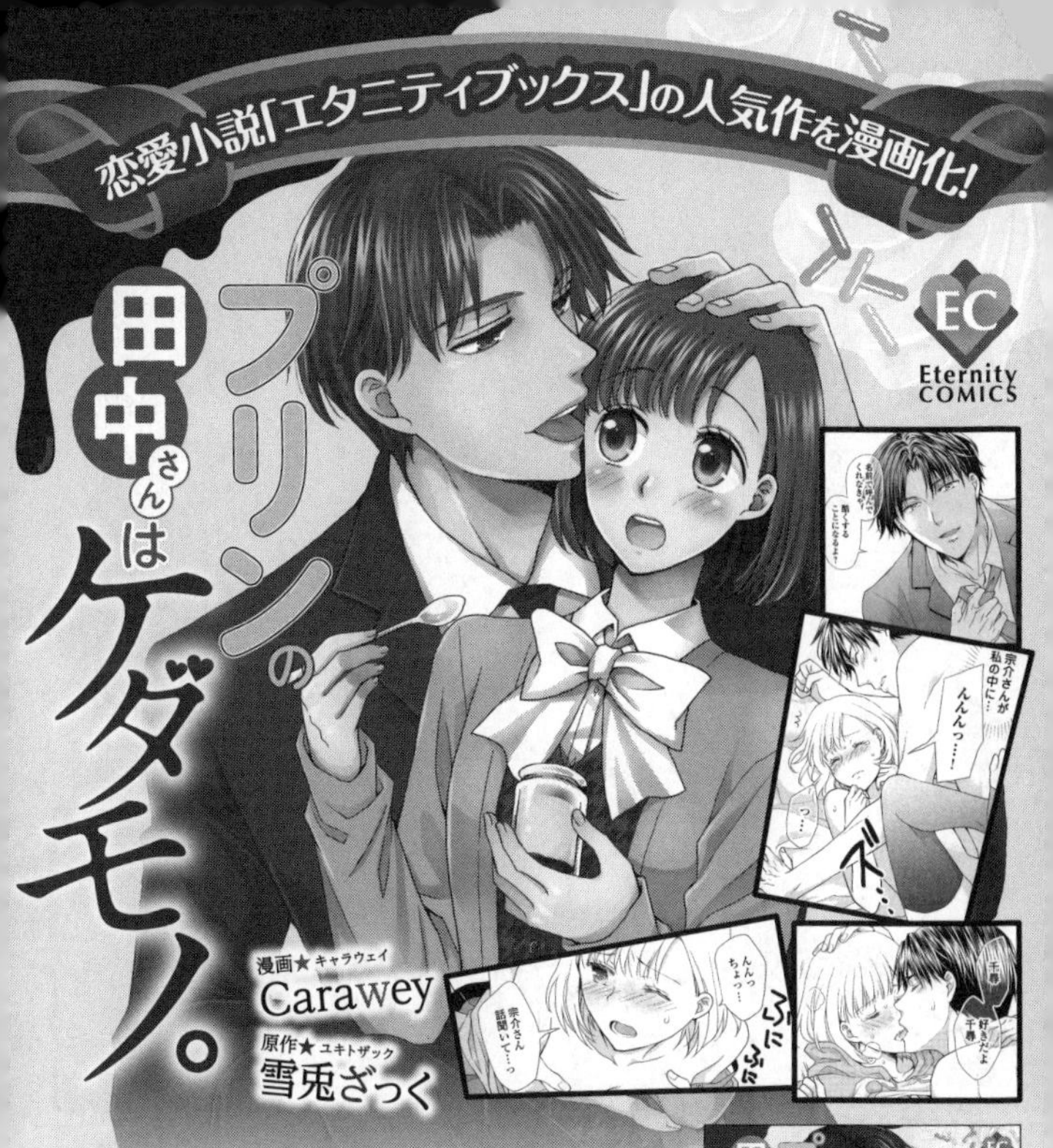

恋愛小説「エタニティブックス」の人気作を漫画化!

プリンの田中さんはケダモノ。

Eternity COMICS

漫画★キャラウェイ Carawey

原作★ユキトザック 雪兎ざっく

人の名前を覚えるのが大の苦手なOLの千尋。そんな彼女が部署異動させられて、さあ大変！　異動先の同僚たちはみんな、スーツ姿の爽やか系で見分けがつかない…。そんな中、大好物のプリンと一緒に救いの手を差し伸べてくれる男性社員が現れた！　その彼を千尋は『プリンの田中さん』と呼び、親睦を深めていった。でもある時、いつもは紳士な彼が豹変して――!?

B6判　定価：本体640円＋税　ISBN 978-4-434-26768-0

恋愛小説「エタニティブックス」の人気作を漫画化!
EC
Eternity COMICS
勘違いからマリアージュ
漫画 Maro
まろ
原作 Zakku Yukito
雪兎ざっく
牧戸さん…?
は…
あっ
ぱん
あれは全部現実だったってこと!?
天音
憧れていた上司の牧戸に、寿退社すると勘違いされた天音。本当の退職理由は違うのに、訂正できないまま最終日を迎えてしまう…。ヤケになった天音は送別会で記憶をなくすまで飲み、翌朝目覚めると、そこはなぜか牧戸の家のベッド!? さらに彼は「俺が守ってやる」と突然、愛の告白をしてきて…!?
B6判 定価：本体640円+税 ISBN 978-4-434-25686-8
勘違いからマリアージュ
まろ 雪兎ざっく
憧れの上司に
突然
娶られる!?
エタニティCOMICS
天然OLの逆転ラブストーリー!

本書は、2019年5月当社より単行本として刊行されたものに書き下ろしを加えて文庫化したものです。


この作品に対する皆様のご意見・ご感想をお待ちしております。

おハガキ・お手紙は以下の宛先にお送りください。

【宛先】

〒150-6008 東京都渋谷区恵比寿4-20-3 恵比寿ｶﾞｰﾃﾞﾝﾌﾟﾚｲｽﾀﾜｰ 8F
（株）アルファポリス　書籍感想係

メールフォームでのご意見・ご感想は右のＱＲコードから、
あるいは以下のワードで検索をかけてください。

レジーナ文庫

Eランクの薬師（くすし）3

雪兎（ゆきと）ざっく

2020年2月20日初版発行

文庫編集－斧木悠子・宮田可南子
編集長－太田鉄平
発行者－梶本雄介
発行所－株式会社アルファポリス
〒150-6008 東京都渋谷区恵比寿4-20-3 恵比寿ｶﾞｰﾃﾞﾝﾌﾟﾚｲｽﾀﾜｰ8階
TEL 03-6277-1601（営業）　03-6277-1602（編集）
URL https://www.alphapolis.co.jp/
発売元－株式会社星雲社（共同出版社・流通責任出版社）
〒112-0005 東京都文京区水道1-3-30
TEL 03-3868-3275
装丁・登場人物紹介イラスト－麻先みち／挿絵－八美☆わん
装丁デザイン－ansyyqdesign
印刷－中央精版印刷株式会社

価格はカバーに表示されてあります。

落丁乱丁の場合はアルファポリスまでご連絡ください。

送料は小社負担でお取り替えします。


ISBN978-4-434-26729-1 C0193